回到過去變成貓

BACK TO THE PAST TO BECOME A CAT NO.5

陳詞懶調×PieroRabu

東區四賤客

黑碳（blackC）

主角貓。本名「鄭歎」，原為人類的他不知為何變成一隻黑貓，穿越到過去年代。為求生存，他開始訓練自己的貓體，展開以貓的角度看世界的貓生歷險。

警長

白襪子黑貓。個性好鬥，打起架來不要命，總跟吉娃娃過不去。技能是學狗叫。

阿黃

黃狸貓。外形嚴肅威風，其實內在膽子小，還是個路痴。技能是耍白目，被鄭歎稱為「黃二貨」。

大胖

黑灰色狸花貓。很聰明，平時不動則已，動則戰鬥力爆表。技能是被罰蹲泡麵。

焦家四口

焦明生（焦爸）

收養黑碳的主人，楚華大學生命科學系副教授，住在東教職員社區B棟五樓。他很保護黑碳，也放心讓黑碳接送孩子上下學，他與黑碳之間似乎有種莫名的默契。

顧蓉涵（焦媽）

國中英語老師，從垃圾堆中撿回黑碳。鄭歎很喜歡吃她做的料理。

焦遠

焦家的獨生子，有點小調皮，時常被焦媽扣零用錢。其實是個很用功的好孩子、很照顧妹妹的好哥哥。

顧優紫（小柚子）

因父母離異而寄住焦家，是焦遠的表妹，就讀楚大附小。她平時不太說話，但私下裡會對黑碳說說心裡話。

小動物們

奶糖

是隻一歲半的折耳貓，毛色為銀色漸層，個性安靜、膽小。焦媽同事所飼養的母貓，據說要與黑碳相親？

黑米

黑白花色的母貓，鼻子上有一塊黑色米粒大小的花紋。是隻流浪貓，曾經被虐待，因此警覺性很高，也相當聰明，會護主。

爵爺

大貓，帶虎紋和斑點紋，毛稍長而厚，毛色是暗金色。牠個性凶殘，由於是實驗室出品，攻擊力爆表；牠相當聰明，懂得選擇主人與棲身環境，對自己人很好。

將軍

珍稀物種的藍紫金剛鸚鵡，屬於鸚鵡中的高富帥。牠超級愛唱老歌，喜歡咬貓耳朵，最厲害的技能是懂摩斯密碼！

人類朋友

陳哲（臘梅叔）

黑碳為避雨而和他相識，喜歡喝臘梅花茶，做翻譯工作又會彈鋼琴，對小孩親切，是個看似溫和的好男人，實則有個不為人知的、痛苦的秘密。

王明（二毛）

留著莫西干髮型的二十多歲年輕人，是衛稜的師弟，其吊兒郎當的個性讓全家族都受不了。只有他敢初次見面就惹毛黑碳，還跟黑碳打上一架！

卓小貓

小卓的兒子，快一歲了，稱呼黑碳為「黑哥」。很聰明的小小孩，會裝哭來吸引黑碳的注意與關心。

龍奇

葉昊的副手。戴著金邊眼鏡，一副精明幹練的樣子，實則對貓很頭疼，尤其是面對黑碳的時候，因此總戴著吊墜來辟邪。

Contents

Back to
the past
to become a cat

第一章

當黑貓來敲門

回到東教職員社區的時候，臘梅還開著，社區院裡的小孩總喜歡去摘花。蘭天竹正在那裡糾正蘇安的一個錯誤認知，「臘梅是臘梅，梅花是梅花，這兩個是不同的物種，連科屬都不同。梅花是薔薇目薔薇科杏屬的，而臘梅是樟目臘梅科臘梅屬……」

正說著，兩人看到焦家的車過來，也不糾結臘梅與梅花了，叫上焦遠，三個人湊一起商量明天上學的事情。

鄭歎看過天氣預報，說過兩天又要降溫下雪了，孩子們對於這種情況很不爽，任誰也不希望剛上學就下雪，騎車冷，而且這種天氣其實很適合窩被窩裡，而不是冒著寒風雨雪去冰冷的教室裡上課。

可惜，這天氣哪是你說啥就啥樣的。

開學之後，大家都忙了起來。焦爸現在主要是忙出國的事情，在出國之前還有很多工作和事情要安排好，尤其是易辛和蘇趣；至於今年新招收研究生的事情，焦爸也沒讓其他老師幫忙選擇，他心裡已經有了決定，依舊只收一個，多了他在國外也顧不過來，只等著最後分數公布就行，過了分數線就收。剩餘的名額則給了其他老師。

要說這位新來的研究生，與易辛和蘇趣不同。

這次焦爸本就打算招個女的，也是為了他自己不在家的時候，焦媽找人幫忙的話能多個幫手，畢竟男學生限制多了點，還是招個女學生比較好。

在研究所考試之前，焦爸就從電子郵箱裡篩選出了一些目標學生。等考試分數出來之後，肯定會有更多學生寄郵件過來「自我推銷」，可是焦爸沒有那麼多的空暇時間了，好在已經有一個滿意的人選。

這第三個研究生人選，是本校跨系過來的一個，名叫曾靜，原來是外語學院的。

很多人不理解曾靜為什麼會跨系考生科院的研究生，這個跨度也太大了一些，雖然很多生科院的學生也會跨系考其他學院的研究所，比如醫學院、化學院、電子資訊或者經管學院等等，可是極少有純文科的女孩子跨到這邊來的，這跨越的難度可不是一般的大，而且即便能考上，一些老師也不願意收，畢竟導師們都希望能招收那些上手快的、理論知識強些的學生。

楚華大學本身的實力使得考試競爭激烈，不會出現招生不滿的情況，按照錄取人數120%的數量劃定錄取標準，近兩年研究所考試複試的時候都會刷下去一批人，其中不乏一些分數還行的。所以很多人說，不高出錄取標準幾十分心裡沒底就是這個原因。當年的蘇趣算是裡面比較特殊的，很多跟蘇趣的同屆學生都說他是走了狗屎運。

鄭歎沒見過曾靜，只是在焦爸和焦媽聊天時才聽到一點消息，再說分數和錄取標準都還沒出來，能不能招曾靜還未必可知。因此，對於曾靜此人，焦爸也只是隨便提了一下，沒再細說。

不過，焦爸並不是一個能將就的人，所以這個曾靜能讓焦爸肯定，一定也是有原因的，這讓鄭歎挺期待的。

◆◇◆◇◆◇◆◇◆

在家裡待了兩天，鄭歎又憋不住了，貓車也沒個消息，估計還沒改好，這種無聊透頂的日子，總不能整天獨自在家裡睡覺發呆吧？天氣預報說會下雪，報了兩天還沒下下來。鄭歎看了看天色，管他呢，先出去溜達再說。

閒晃的地方，鄭歎選擇的是焦遠學校的那條路。本想去看看焦遠他們上課是個什麼樣子，可惜窗戶玻璃上全是水氣，看不清裡面究竟是啥樣，只能聽到一點老師的講課聲。

沒在學校門口多留，鄭歎又去了鍾言他家那邊，這時候鍾言肯定在上課，家裡也沒什麼人，社區裡面都沒多少人走動，想聽點八卦都不行。

從鍾言他家社區出來，鄭歎去看了看葉昊開發的那個工地，相比起年前，也沒有太明顯的變化，估計是過年耽誤了一些工程進度，開年之後進程會加快。

走到這邊，時間尚早，鄭歎也不急著回去，在岔路口那裡看了看，便往一個方向走去。那邊是他沒去過的地方，去探探地形，擴大熟悉範圍。

楚華市這個城市比較老，雖然現在城市發展速度加快，但老社區還是比較多，只不過隨著發展，這些老社區都要逐漸拆掉了。

走過一段老街道，鄭歎來到了一個電梯社區，這片地方開發出來才幾年，在一片老社區中有點鶴立雞群的感覺。

社區綠化還不錯，鄭歎看到裡面還有些臘梅樹，臘梅正開著。

如果沒開花，鄭歎就算是站在臘梅樹眼前也認不出來。

社區裡沒多少人走動，要麼上班，要麼懶得出門，這天氣就算沒下雪，可也夠冷，雖不像北方那邊零下幾十度，但還是有很多人受不了。楚華市的冬天很多時候都是濕冷濕冷的，北方和南部沿海一些來這邊上大學的學生，第一年長凍瘡的人很多，很不適應這邊的天氣。

人不多，在外活動的動物也不多，只偶爾聽到幾聲狗叫；至於貓，鄭歎暫時一隻都沒見到。

正溜達著，天空下起了小雨，鄭歎心裡罵了句該死的天氣，琢磨著是回去呢，還是先找個地方避避，畢竟從這邊回去家裡，按貓步計算的話，還是要一點時間，除非一直跑著回去，不然都需要一段不短的時間。

還沒等鄭歎決定，周圍就發出劈里啪啦的響聲，那是掉下來的雪粒兒（注：霰）發出的聲音。看著越下越急的雨滴和雪粒兒，鄭歎估計今天馬上就要飄雪了。

——算了，先找個地方避避。這時出去身上就濕了，還冷，被那些雪粒砸到也不怎麼舒服。

看了看周圍，這些電梯大樓最下面都是停車位，所有的一樓是從停車位上面那層開始算的，很多住戶都將陽臺和窗戶加裝了防盜網，有些防盜網太密，鄭歎鑽不進去。

找了一圈，鄭歎選擇了一棟樓的一樓陽臺那裡，周圍只有這家陽臺上鄭歎能鑽進去，那裡也是個不錯的擋風擋雨的地方。

這個高度對於鄭歎來說，想上去也不難。

跳上去之後，藉助一塊空出的檯面，鄭歎走向那處陽臺，鑽了進去。

這戶人家陽臺上隨意堆了幾個紙盒子，盒子上面都掉了一層灰，應該是很久沒人動了。聽了聽屋內的動靜，確定沒人，鄭歎扒拉兩個紙盒子下來，擋在旁邊，當作擋風的「牆壁」，自己則蹲在紙盒子另一邊，這樣既能讓紙盒子幫忙擋風，還能注意天氣情況。

今天夠倒楣的，前兩日這雨和雪都沒降下來，今天一出門，颳風下雨掉雪粒兒，全都來了。

正蹲那裡等著雨停，鄭歎聽到屋裡開門的聲音，過了會兒，一個腳步聲越來越近，鄭歎調整了一下姿勢，準備著，倘若屋主排斥貓的話，自己就立刻離開。

陽臺那邊的門被打開，一個穿著黑色大衣的中年男人走到陽臺，剛邁出一步就察覺到了蹲在紙盒子旁邊的黑貓。

那人愣了愣，對上看過來的貓眼，並沒有表示出什麼排斥感，卻突然像是想到了什麼，轉身走回房。

門沒關上，鄭歎動了動耳朵，聽到屋內來回走動的聲音，然後是微波爐運轉聲。

「叮」的一聲響之後，那人用免洗紙杯盛著一杯牛奶出來，放在鄭歎眼前。

果然還是好心人比較多啊！鄭歎心裡感慨。

不過，很多人不知道，不能隨便餵貓喝牛奶的。很多貓有乳糖不耐症，喝了會拉稀，後果比較嚴重。

至於鄭歎這種非比尋常的胃，在焦家也喝過不少牛奶了，沒拉過稀，所以對他來說，牛奶肯定是能喝的，再加上他確實感覺有些冷了，想喝點溫的東西，而且鄭歎也沒從眼前這個人身上感覺到惡意。

不過，防人之心不可無。鄭歎先是小舔了兩口，然後裝模作樣看看外面的風景，動動耳朵，然後低頭再舔一口，餘光掃一掃眼前的人，再看看外面的風景，假裝看到什麼有趣的或者有威脅的東西似的，如此重複了幾次。就這樣，拖了會兒，感覺喝了這杯牛奶也沒什麼問題，鄭歎才將剩餘的喝下。

那人看到眼前的黑貓時不時瞧瞧外面，以為牠只是警惕外面那些走動的人，便輕笑一聲，「還挺機警。」

機警個屁，那都是裝給你看的！鄭歎心裡嘀咕。

喝完一小杯牛奶，鄭歎感覺身上暖和了許多。抖抖毛，伸了個懶腰看向陽臺外。

雨已經沒下了，取而代之的是一片片白色的雪，看這樣子，地面很快會白起來。

那人見杯子空了，蹲身拿起，走進屋內。剛走了兩步，他又回身探出頭對蹲角落裡的黑貓說道：「進來吧，外面冷。」

鄭歎猶豫了下，到底要不要進去避避風？外面的風似乎颳得更猛烈了……

一時鄭歎也沒反應。

那人見狀，以為眼前這隻貓聽不懂，還站在門口招了招手，指指盛過牛奶的杯子；或許意識到自己的行為沒效，那人走進屋，不過陽臺的門沒關。

楚華市絕大多數地方都沒暖氣，人們習慣了使用空調和一些其他取暖設備。

屋裡的空調開著，鄭歎走到門口，明顯能夠感受到從屋裡傳出來的暖風。相較於外面，屋裡實在太暖和了，鄭歎看看外面飄雪的天空，還是抬腳走進屋。

屋內，那人的外套已經脫下，他站在微波爐前，繼續溫一杯牛奶。等牛奶溫好，準備端去陽臺那裡的時候，發現本來蹲陽臺的黑貓已經進屋了，正好奇地看著屋內的擺設。

鄭歎粗略掃了屋內一圈後，覺得這人應該是個讀書人，房裡有一座書架，書架上大多數都是英文書籍，而且涉及面很廣，從文史地理到工農醫藥等都有。

這樣的人，應該也沒什麼威脅。

那人將溫好的牛奶放在鄭歎眼前，這次他沒一直盯著鄭歎喝牛奶，而是走到旁邊的桌子前坐下，開啟電腦，找出檔案，開始工作。

鄭歎一邊喝牛奶，一邊觀察著那個人。雖然從他的角度看書桌上的東西看不太清楚，但鄭歎也看出那人應該是做翻譯的，幫人翻譯一些書籍文章等等。至於這個翻譯是他的主業還是副業，鄭歎就不知道了。

屋裡有三間房，只有一間是開著門的，就是鄭歎所待的這間，另外兩間房門緊閉，不知道有沒有人住。房間裡有一個一公尺多長的畫板，畫板上貼著很多小紙條和便簽等，上面寫的東西鄭歎沒有一張看得懂。

那難道是英文草書？可英文草書也不至於草成這樣吧？別管是不是英文、是不是英文草書，反正他都看不懂。

房間通往陽臺的門沒關，陣陣冷風吹進來，鄭歎又打了個哆嗦。

那人也感受到外面吹進來的冷風了，起身將門關上，關的時候還看了眼鄭歎，似乎在確定關上門後這隻貓會不會發脾氣。

鄭歎沒發脾氣，而是跳上了書桌。

書桌挨著窗戶，在窗子前面有一本攤開的書籍放在那裡，書裡面放著一些書籤，頁面上還有很多筆記。

鄭歎沒蹲在上面，這一看就是屋主需要使用的書，在人家家裡還是安分些的好。

既然不能直接蹲在窗前看，鄭歎就蹲在那本厚書旁邊，歪著脖子看向窗外，只等著什麼時候雪停了就回家，總不能一直這樣待在外面，到時候吃晚飯不能及時回去的話，焦媽又得嘮叨。

房裡有一股臘梅花香味，那人茶杯裡泡的是臘梅。鄭歎想，不知道這些用來泡茶的臘梅是不是從社區臘梅樹上摘的。

那人在翻譯到一個段落後，活動了下胳膊，扭扭脖子，看向鄭歎那邊，見到歪著脖子、眼睛一眨不眨看著窗外的黑貓後，一笑，從抽屜裡拿出紙和筆，畫了一幅簡單的畫。從這畫裡面能看出這人應該是學過素描的，畫技不錯。

畫好之後那人還給鄭歎看了一眼，鄭歎沒啥興趣，瞟了眼那畫之後就繼續盯著窗外。他計算著時間，再過一個小時就到小柚子放學的時間了，自己頂多留在這裡半個小時，半小時之後不論外面還有沒有飄雪、雪下得大不大，他都得離開。

幸運的是，半小時後雪小了許多，雖然還在飄，但沒剛才那麼猛，這樣也算可以了。

鄭歎動了動脖子，伸了個懶腰，維持歪脖子的姿勢太久，有些痠疼。從書桌上跳下來後，鄭歎站在門前，抬爪子拍拍門，然後看向那人。

那人在鄭歎從書桌上跳下去的時候就注意著，見到鄭歎這樣子，微微笑了笑，「想走了？」說著，那人將門打開，讓鄭歎出去。

鄭歎自己也是能開門的，可是在一個只見過一面的人眼前，鄭歎可不想表現得太特別。

而且鄭歎覺得那人應該是挺喜歡笑的，可又總是感覺那人的笑容後面有點兒不暢快，他說不出是為什麼，直覺而已。

替鄭歎開了門，那人看著鄭歎從陽臺防盜網擠出去跳到地面的時候，見地面鋪著的淺淺一層白被踩出一個個腳印。他見黑貓走遠之後，才走進屋將門關上。

從社區離開，鄭歎就往楚華大學的方向跑。地面的雪有些涼，周圍的人們也顧不上奔跑在人行道的黑貓，注意力都放在已經堆積了薄薄一層的雪上。

鄭歎路過一個十字路口的時候，因為車輛較多，停了下來，也正好此時他注意到兩輛警車往自己過來的那條街開去。不過他沒時間好奇，等能過馬路之後，就趕緊和其他行人一道往路的對面走去。

鄭歎剛到附小門口，放學鈴聲就響了。

還好，沒耽誤。

而這時候，雪又開始大了起來。

這段時間，不管是小柚子還是焦遠，因為焦爸即將出國的事情，心情都不是太好，對於下雪也沒多少激動情緒。

從附小裡面走出來的其他孩子見到地面上鋪著的這一層薄薄的白色很激動，只是人多了，雪又薄，一腳踩下去就見不到白色了，只有和地面的泥沙混在一起的雪水。

◆◇◆◇◆◇◆◇◆

雪下了兩天，天氣一晴，雪很快開始融化了。天氣預報說近幾天都沒有雨雪，氣溫會漸漸升高。鄭歎等雪融化得差不多的時候又跑出去閒晃。

依舊是沿著焦遠學校那條路走，鄭歎現在正在瞭解那邊的路段中。和下雪那天一樣，鄭歎從焦遠學校到鍾言他家的社區，再到工地瞧兩眼，再往更遠的地方走，摸熟那片區域。

不知不覺中，又來到了那個電梯社區。

鄭歎走進社區的時候，恰好有幾個大媽拎著從超市買的日用品回來，便聽著她們說道——

「哎，那案子有結果了沒？」

「好像沒有，我沒聽說有什麼進展。」

「咦，不是說投湖自盡嗎？難道不是自殺？」

「哪能啊！那麼冷的天，而且我聽在那附近工作的一個姪子說，那人被發現的時候都沒穿衣服，就算是想自殺也不至於用這種方式吧。」

這時又有一個大媽從社區外面走進來，應該與這些人是認識的，見到這邊的人便快走兩步湊上來問道：「說什麼呢？」

「還有什麼，就下雪那天，湖那邊的事情唄。」

鄭歎聽著她們的談話，想起了下雪那天往回趕的時候，在十字路口看到的那兩輛警車，應該就與這幾個大媽口中所說的事情有關。不過，鄭歎覺得那些事情離他太遠，也沒什麼關係，這世上每天都有這種案子發生，何必操那麼多閒心，再說他也不像那些閒著沒事做的大媽們那樣到處八卦來找樂子混時間。

鄭歎決定先去那個喝臘梅花茶的人家裡看看，說不定還能再混一杯溫牛奶喝喝。

來到上次的樓下，抬頭往上瞧了瞧，鄭歎可以看到那人家裡開著燈，這時候那人應該在忙著工作吧？

跳上停車位上方，鄭歎擠進陽臺，便看到了陽臺上與前幾天第一次來的時候不同的地方。

紙盒子依然在那裡，可角落那處墊著個還算乾淨的軟墊，軟墊旁邊有一個紙杯，杯子裡裝著已經冷冰冰的牛奶。

軟墊和牛奶是上次來的時候沒有的，鄭歎嗅了嗅紙杯裡的牛奶，沒什麼怪味，這種天氣估計也不容易生出怪味，鄭歎推測不出這杯牛奶放了幾天。

看這擺設，不知道的人肯定會以為這家主人養了一隻寵物呢。

鄭歎不急著去撓門，他先在陽臺周圍嗅了嗅，看看有沒有其他動物的氣息，提前做個心理準備。要是有的話，擇情考慮是否撓門，尤其是在對方養了狗的情況下，還是別去招惹的好。

很多人認為，狗鼻子比貓鼻子要靈敏得多，要不怎麼那麼多警犬、緝毒犬，而沒有警貓、緝毒貓呢？而另一些人則認為，貓鼻子能和狗鼻子媲美，但由於貓的性格使然，不容易訓練，不願意受人擺布，其身體中所具有的許多功能只是在有利於牠自己的時候才會充分發揮，對人的很多指令不屑一顧，正因如此，人們更多時候只能利用狗的嗅覺功能而對貓卻無所作為。

鄭歎不知道到底狗鼻子的靈敏還是貓鼻子靈敏，至少他認為自己現在的嗅覺還挺不錯的，至少比人的時候要靈敏得多。

仔細嗅了一圈，鄭歎確定，和上次一樣，除了屋主的氣味之外，就只剩下自己上次在這裡蹲牆角無聊蹭紙盒的時候留下的那點氣味了。

連個妹子的氣味都沒有，那人還真是夠宅夠獨的。

鄭歎走到門口，抬爪子拍拍門，正琢磨著要不要撓兩下，便聽到裡面的腳步聲靠近，下一刻門開了。

見到門口的黑貓，那人原本沒什麼情緒的眼裡閃過笑意，「來了。」

鄭歎來的時候，那人正在工作，書桌上攤開著幾本書，基本上和上次一樣。

將一杯溫好的牛奶放在鄭歎眼前後，那人又重新坐回書桌旁開始工作。

鄭歎看了看眼前盛著牛奶的紙杯，是從包裝袋裡新拿出來的，這也是鄭歎對這個人印象不錯的原因之一——那人從來不用髒杯子盛牛奶，即便鄭歎現在只是一隻看起來很普通的貓。

喝完牛奶之後，鄭歎也不打攪那人，在房間裡轉了一圈。

和上次相比，房間書櫃那裡多出了一幅畫，鉛筆畫，沒什麼色彩，畫的是幾個孩子，周圍是一朵朵臘梅花，畫的右下角有日期，是前天的。

鄭歎正看著，門鈴響了。

來的是一個跟焦遠差不多大的男孩，手裡拿著一個裝過小蛋糕的紙盒，紙盒裡全是臘梅花。

「臘梅叔，給你，這些是從今天那幫小鬼弄斷的樹枝上摘下來的。」

這孩子在說「小鬼」的時候似乎一點都沒注意他自己的年紀也不大。

臘梅叔？這稱呼讓鄭歎好奇，難道是因為這位喜歡喝臘梅花茶？還是這位本來就叫臘梅？一個大男人叫臘梅也太那啥了。

那男孩接過臘梅叔遞過去的作為獎勵的一袋棒棒糖，有些不好意思地撓撓頭，道謝之後便離開了。

男孩口中的這位「臘梅叔」將裝著臘梅花的盒子拿進房間，放到一旁，見鄭歎一直盯著那個盒子，笑道：「社區裡很多小孩子喜歡攀折樹枝，尤其是現在還開著花的臘梅，我就跟他們說，如果不小心折斷樹枝，就將上面的臘梅花摘下來給我。」

鄭歎了然，難怪這位臘梅叔房間裡有那麼多臘梅花，應該是那幫小孩子故意折了一些過來換棒棒糖的，這位心裡應該也瞭解，只是沒點破。

「那張畫就是前天他們過來的時候我畫的。」臘梅叔指了指鄭歎剛才看到的那幅鉛筆畫。

鄭歎其實更覺得奇怪，這位臘梅叔雖然對待人看似很溫和，也比較親近小孩子，可是對人說的話都比較少，卻對著一隻貓能講這麼多。

又是一個奇怪的人。

果然，寵物貓狗等動物總是能讓人們放鬆心理戒備。

說話間，這位臘梅叔又拿了紙和筆，看著鄭歎開始畫起畫來。

手法很熟練，鄭歎看著那張白紙上黑色的線條勾勒出來的圖案快速成型。不過，鄭歎突然注意到……

這傢伙竟然用左手在畫畫！

左撇子？

如果鄭歎沒記錯的話，之前這位臘梅叔寫字的時候用的是右手！

上次蹲書桌上的時候看過臘梅叔寫字，當時鄭歎還在想，能夠寫出貼在畫板的那些小紙條和便簽上鬼畫符一般的「英文草書」，平時寫字寫得怎麼樣？結果是，寫的字還是挺正常的，之後鄭歎就沒再多注意了。

現在，結合此刻的情形看來，這傢伙可能是個左撇子，但也未必是個純粹的左撇子。在鄭歎認識的人裡面，這是第一個左手和右手用起來一樣熟練的人，動起手來的時候沒有半點彆扭感。

屋裡因為開著空調，很暖和，鄭歎蹲在那裡有點昏昏欲睡的感覺，小瞇了一會兒。

十分鐘後，一張簡單的鉛筆畫完成。鄭歎打了個哈欠，伸了個懶腰，看過去。

紙張上畫著一隻黑貓，蹲在裝著臘梅花的蛋糕盒子旁邊，微微歪著腦袋，眼神似乎帶著些許疑惑。

臘梅叔盯著手上的畫看了會兒，又看向鄭歎，「聽說很多動物有靈性，你是不是其中一個？」

鄭歎沒回答，也回答不出。

臘梅叔也沒想要從一隻貓的嘴裡找出答案，他自己不過是看到這貓的眼神之後突然有種強烈的怪異感才問出來的，問話之後又想到眼前不過是一隻貓而已，更不會說話，於是只是笑了笑。

鄭歎有些莫名其妙，對著一隻貓自問自答的神經病，果然不在少數。

將手中的畫和那張畫著小孩子的畫放進一個資料夾中，臘梅叔走出房間。

上次鄭歎來的時候，屋裡有兩間房的房間緊閉著，臘梅叔這次打開的就是其中一間房。鄭歎走過去瞧了瞧，房間不大，應該專門做過隔音裝修，裡面的布局很簡單，最明顯的就是裡面那架立式鋼琴。

——沒想到這位還是個會音樂的。

鄭歎跳上旁邊一張擱東西的凳子，既然這位準備彈一曲，他也不介意客串一下聽眾。

聽了個開頭，鄭歎就知道臘梅叔彈的曲子的名字了。

《獻給愛麗絲》，鄭歎雖然不怎麼聽那些所謂的世界名曲，可這首還是知道的，太有名了，很多小孩子喜歡彈這首。

只是……

鄭歎不太懂鋼琴，只知道這位臘梅叔彈奏的版本跟自己曾經聽過的版本不一樣，慢了一些，卻又遠不同於那些教小孩子的慢彈手法，而且這其中還有點別的什麼因素。

以前鄭歎聽的《獻給愛麗絲》的鋼琴曲旋律更清新，節奏輕快而舒坦。有人說，鋼琴曲使人有一種心曠神怡的感覺。可現在，鄭歎沒感覺出半點兒心曠神怡，反而覺得有些莫名的壓抑，甚至背脊有些發涼。

難道是眼前這位彈奏的版本不對？

一曲彈完，臘梅叔坐在那裡沒動，似乎在想事情。鄭歎伸長脖子瞧了瞧。

——我靠！

——彈一首《獻給愛麗絲》也能彈得熱淚盈眶？

鄭歎表示理解不能。

感覺氣氛不太對勁，鄭歎就決定打道回府了。

回到楚華大學的時候，附小還沒放學，鄭歎也不著急，繞去大學教學樓那邊遛了遛，正好聽到一樓階梯教室那邊在舉行辯論賽，還挺熱鬧的，論題也有點意思，於是鄭歎爬上階梯教室旁邊的一棵樹，蹲在樹上聽了聽。

是醫學院的大一學生，他們正在辯論左撇子是天才還是弱者。

「人的大腦的左右半球各有分工，大腦左半球主要負責推理、邏輯和語言，而大腦右半球則注重幾何形狀的感覺，感情、想像力和空間距離，具有直接對視覺信號進行判斷的功能……」

正方辯論認為左撇子更強一些，生活中的左撇子有很多都是一些聰穎智慧、才思敏捷的人，尤其是在一些需要想像力和空間距離感的職業中，左撇子往往都是其中最優秀的人才，比如音樂領域的莫札特、貝多芬、巴赫，政治軍事領域的凱撒、拿破崙，科學領域的愛因斯坦、牛頓等人。除此之外，他們也以「看東西」的例子進行說明，將右撇子「大腦右半球——大腦左半球——右手」的神經反應路線，對比左撇子「大腦右半球——左手」的神經反應路線，認為左撇子比右撇子在動作敏捷性方面占有優勢。

反方辯論則認為，左撇子是生活中的弱者，不然不會在龐大的人類群體中只占少數，至於那些歷史名人的左右撇子之分，至今還存在爭議，沒有足夠的說服力。

同時，反方辯論還引用了瑞士科學家依爾文博士曾提出的一個新的假設。

「依爾文認為，在遠古的時代，人類祖先使用左右手的機率與其他動物一樣，都是均等的，只是由於還不認識周圍的植物，而誤食其中有毒的部分，左撇子的人對植物毒素的耐受力弱，最終因植物毒素對中樞神經系統的嚴重影響而導致難以繼續生存；而右撇子的人以其頑強的耐受力而最終在自然界中獲得生存能力。」

「除此之外，國外還有一些科學家也用實驗證明，左撇子中有很多人自體免疫系統較差，甚至在自閉症患者中，百分之六十五都是左撇子……」

鄭歎蹲在樹上看著那些學生們爭論得面紅耳赤，覺得有些好笑，再這樣下去估計跟街上吵架一樣了。

畢竟只是大一的學生，大多數人以前都沒參加過正式的辯論賽，這場辯論一開始還講究點辯論賽的規則，可辯論到後面就有些混亂了。不過講臺上的老師並沒有阻止，反而帶著笑容，她辦這場課堂辯論賽的原因，本就是帶動學生們的興趣而已，在興趣之外，規則也就變得次要了，畢竟不是什麼正式的辯論場合。

最後講臺上的老師給大家了一個總結：「在生物界中，只有人類和類人猿等少數動物才有左右撇子之分，而且只有人類才會探討左右撇子哪個更勝一籌。其實，迄今為止，已經有很多人對左撇子和右撇子在智力、免疫能力、壽命甚至精神病患病率之間的差異進行過研究，但結果依然是模稜兩可……」

這位老師後半句話才是對整場辯論的總結。

鄭歎一直覺得：辯論，就是文雅犀利點的吵架，吵架的話題都是迄今為止沒有絕對答案的。真是蛋疼啊！

在鄙視那些學生的同時，鄭歎低頭看了看自己的兩隻前爪，抬起爪彎了彎，頓時鄭歎有些沮喪。就像那位老師說的，除了人和類人猿之外，其他動物好像沒有左右撇子之分，包括如今的鄭歎自己。

想當年還是人的時候，自己是習慣用右手的，只是現在……好像真沒多少區別了！要不是今天聽這些學生們辯論，他還真沒注意到自己的這種轉變。

思索完自己的變化之後，鄭歎又想到今天見到臘梅叔畫畫的情形。那位到底是不是左撇子？嗯，下次再去那邊閒晃的話多注意一下。

◆◇◆◇◆◇◆◇◆

原本鄭歎準備週六的時候去臘梅叔那邊閒晃一圈的，可是衛稜過來找鄭歎，帶他過去夜樓那邊玩。

聽說葉昊前幾天生日，但當時手頭事情多，葉昊自己也不在意這種生日，沒怎麼過。自打手上的幾個工程項目開始之後，葉昊和龍奇、豹子他們去夜樓的次數也少了很多，週六不過是給了大家一個藉口去夜樓放鬆放鬆。

在去夜樓的路上，衛稜依舊沒停住嘴。鄭歎也從他嘴裡瞭解到，阿金他們現在已經從最普通的北區進入南區了，是個不錯的進步，不枉他們背井離鄉來這裡一趟，也證明了自己的能力。現在幾人的手頭已經寬鬆很多，租了個大點的公寓，連帶阿金撿回去的那條流浪狗現在都養胖了，整天精神抖擻的。

阿金他們現在足夠有激情和動力，常去夜樓的一些人裡面已經有了他們樂團的支持者，夜樓裡的負責人也比較看好他們，鄭歎也替他們高興。

現在夜樓的負責人換了，龍奇和豹子都被葉昊派去負責幾個重要的工程項目，比如楚華大學附近那塊地。因此，葉昊又調了個人接替龍奇的位子。

夜樓的夜晚依舊是那麼熱鬧。

鄭歎跟著衛稜走進三樓包廂的時候，除了葉昊、豹子和龍奇之外，還有另外兩個人。其中一個鄭歎見過一面，那人叫梁虎，葉昊他們叫他虎子，也是現在夜樓的負責人。至於另一位，鄭歎就不認識了，不過能夠留在這裡的，肯定是葉昊的心腹，或者值得信任的人，嘴巴也夠嚴。

知道葉昊和衛稜的做事方式和手段，鄭歎自己也不用擔心太多，還是和以前一樣該怎麼樣就怎麼樣。

不，還有個不同的地方就是，那個單人沙發座上趴著的那隻。

來的路上，衛稜也說過爵爺的事情。聽說爵爺前陣子又立功了。過年那段時間，爵爺一直跟在唐七爺身邊，作為即便退隱幕後、影響力依然不小的唐七爺，過年也不會太清閒，而恰好那時候有人鑽了空子妄圖對唐七爺不利，直接被這隻大貓撓去了半條命。

為此唐七爺甚感欣慰，也讓爵爺在家裡的地位直線飆升。

年後唐七爺也不怎麼出來了。安全有保障後，唐七爺就讓葉昊在外帶著爵爺，說不定還能幫上點忙。於是，今天鄭歎就再次在夜樓看到爵爺了。

瞟了眼正趴在沙發座上閉目養神的爵爺，鄭歎看了看龍奇，果然，那傢伙坐的位置是幾個人中離爵爺最遠的。

而且，在看到鄭歎的時候，龍奇明顯臉上僵了一下。

老樣子，龍奇一看到鄭歎和爵爺就感覺渾身不對勁。

鄭歎已經習慣龍奇這樣了，也不在意，跳上茶几開始找吃的，這幾個人有他們的話題，鄭歎來了之後就只管吃飽喝足再睡個覺，醒了就又回到家了。總的來說，不過是混時間罷了。

衛稜進了包廂之後，很自然地拖過椅子坐下，他跟裡面的人都認識，這裡的人也認識他，都是自己人，所以大家也沒怎麼拘謹。

「聊什麼話題呢？」衛稜問道。說話間，衛稜將盛放著花生的盤子拖過來。

茶几上堅果很多，大家也知道衛稜的喜好，對他的做法也沒什麼反對。衛稜挺喜歡這裡的花生，雖然花生這東西有點太大眾化，可每個地方炒製的花生果味道或多或少都有些不同，而衛稜就偏好夜樓的花生，連帶著鄭歎每次來這裡的時候吃花生吃得多。反正他只要等在旁邊就好。

剝一顆花生放到鄭歎眼前，然後衛稜再剝一顆給自己，等著葉昊的回答。

葉昊沒多說，將手邊的一個資料夾遞給衛稜，「先看看這個吧。」

鄭歎也好奇，湊過去看了看。

最上面的是一張照片，照片上是一個二十多歲的年輕女人。應該是在某個酒吧拍的，照片上的女人正在舞動中，凹凸曲線盡顯，飛揚的髮絲難掩其豔麗面容。

「喲，這不是賴二手下的那朵小白花嘛。」衛稜哼聲道，語氣中帶著不屑，「這女人又惹什麼事了……」

衛稜口中的「賴二」也算是葉昊的競爭對手了，而照片中的這個女人就是跟著賴二的，時不時跑到夜樓來惹是生非。

將照片放到旁邊，衛稜看了下面的一份報導，頓時眉頭皺了起來。報導是從某報紙上剪下來的，現在的報紙上經常報導這樣的內容，尋常老百姓都見怪不怪了。只是，對方是這個女人的話，衛稜還真覺得奇怪了。

「自殺？」衛稜看著報導內容，完全不相信，「就賴二給她的那些錢，足夠她揮霍好久，這個女人那麼愛享受，怎麼可能自殺？」

鄭歎看了一會兒，有些無聊，這些事情他沒興趣瞭解，正準備離開的時候，衛稜又翻了一份文件，也有一張照片。照片裡有四個人，三個胖子，以及一個十四、五歲穿著公主裙的看上去很機靈可愛的小女孩。

裡面的兩個男人就算沒有一百八十公分，但在楚華市這地方也算是中等的個頭，可看著這父子倆似乎都有一百公斤的樣子，一身肥膘，三個胖子站一起果然是有家庭樣，為此就更顯得右邊那個小女孩外表優秀了。

鄭歎大致掃了眼這張照片，視線放在穿公主裙的小女孩一會兒，又轉移到站在最左邊的那個胖子身上。

他總覺得那個胖子有點怪……

那邊葉昊已經點上一根菸，抬手點了點照片中的一個中年胖子，「這個人叫陳臘，當年我來楚華市跟著七爺的時候，陳臘在楚華市的商業圈子裡還有些名氣，賴二就是踩著他才出的頭，得到了當年雷頭的重用。風雲變幻，十年過去，誰還記得當年那個名叫陳臘的胖胖的商人？誰還記得與唐七爺、聶十九同時期的人物『雷頭』？」

衛稜挑眉看了看葉昊，沒插嘴，等著葉昊後面的話。他知道葉昊說的這些話並不全是為了回憶感慨。

鄭歎這時候也一直支著耳朵聽著，隔會兒就往嘴裡塞兩顆花生，邊吃邊聽。

葉昊感慨了一會兒之後，對衛稜道：「你再看看最下面那篇報導。」

鄭歎在衛稜翻文件的時候湊過去瞥了一眼，那也是一份報紙的剪裁內容，說的事情鄭歎也知道，他還聽臘梅叔所居住的社區幾個大媽談論過。

「當年陳臘手下有個忠心的幫手，有一天突然失蹤，後來被人發現在湖裡。」葉昊說道。

衛稜看了看手上的報導，「和這上面的情況一樣？同一個湖，同樣的死法？」

葉昊點點頭，繼續道：「當年，在陳家出事前幾日，陳臘的小女兒跳橋自殺。陳臘很寵他的小女兒，小女孩的夢想是個音樂家，為了顯得洋氣一點，陳臘還為他女兒取了個英文名字，叫愛麗絲。」

聽到葉昊的話，正嚼著花生的鄭歎嗆住了，對著茶几咳又不太好，於是扭頭往反方向咳，咳完才發現那邊趴著爵爺，而且鄭歎咳嗽的時候還噴出了點花生碎屑。

爵爺半睜著眼睛看了眼鄭歎，扯扯耳朵，抖抖毛，將毛上黏著的一些花生碎屑抖掉，抖完之後下巴擱在沙發上，再次閉上眼睛，繼續閉目養神。

其他人的注意力主要在葉昊和衛稜身上，沒人去注意一隻貓是不是嗆住，衛稜也只是瞟了鄭歎一眼，發現只是啃花生啃得嗆住，沒啥大事，就重新將視線放到手中的文件上。

衛稜將手上的文件翻到之前的女人那裡，「這個女人……」

「同一座橋，橋上同一個地方。」葉昊道。

「看來這裡面還有很多不為人知的事情。」衛稜看完文件後說道。

他們並不認識事件中的那些人，所以對他們來說，不過是聽個故事罷了。

「根據瞭解到的消息，這個女人在跳橋之前說了很多胡話，看起來精神不太正常的樣子。」豹子說道。

「嗑藥了吧，最近那女人玩得挺 high。」

「肯定是嗑過藥，只是幾家本地報紙沒爆出來，估計被賴二壓下去了。」有人說。

「那些藥能使她興奮，卻也使她能夠更容易接受暗示。」龍奇說道。他們曾經的生意接觸過那些藥，後來洗白就再沒碰過了，但對那些藥還是比較瞭解的。

心理暗示？暗示去自殺嗎？

「我以前調查一些資訊的時候瞭解到，這女人確實很討厭橋之類的東西，有時候為了避免走過一座大橋，她會讓人繞遠路轉彎。如果她真的和當年的事情有關，龍奇所說的確實有可能。」豹子說道。

「不管怎麼說，確實是有人要對付他們。」衛稜總結。

「所以衛稜，有空幫我問問你師兄這事的調查進展，我們也好儘快動作。」葉昊自己也不是調查不出來，但何濤那邊能查到得更多更快。

「行，我記著了。這事你有什麼懷疑對象？」衛稜問葉昊。

葉昊搖搖頭，抬手指了指天花板，「上面有人要對付賴二，那傢伙太不懂收斂，上面的人也不是誰都吃他那一套的。但如果是上面安排人的話，遠不至於花功夫以那種方式對付那兩個人。原本我還有個懷疑的人，但一直不確定。當年陳臘夫婦葬身火海，陳臘小女兒跳橋，但陳臘他兒子卻被送走，不知所蹤。」

說著，葉昊指了指桌上一家四口照片中站在最左邊的那個胖子，坐在茶几周圍的幾人也湊上來看看。

鄭歎剛才咳嗽噴了花生碎屑到爵爺身上之後，就趕緊換了個方位蹲著，這時候他也湊過去看資料夾裡面的那張照片。而鄭歎湊上去看的位置，正好擋住了龍奇的視線，龍奇只能看到一個黑貓的側影或者背影。

龍奇抬起手，恨不得將茶几上的這隻黑貓抽到一邊去，可手抬起來又放下，深呼吸幾口氣，還是換了個方位湊上去看。

「陳臘的兒子？」

幾人對著葉昊指出的那個胖子看了又看，說不出個所以然來。

「陳臘的兒子，陳哲。當年他家出事的時候他剛上大學，不是楚華大學，我記得是本市的財經大學，憑真本事考上去了。不過，在很多有錢人家裡上好大學的多得是，相比之下，陳哲並不算太出頭，再加上他那時候的身材，論外表，完全被他妹妹以及當時一些有錢人家的子女比下去了，所以對他的瞭解並不多。不過……」

葉昊將菸蒂壓在菸灰缸裡摁滅，接著道：「能消失得這麼徹底的，除非早已經被滅口了，不然也不是個簡單的人物。陳臘夫婦其實都不是笨人，不然不會抓住機遇發家，最大的失誤就是認人不清，被賴二在背後捅了致命一刀。」

「也有可能是陳臘的朋友幫的忙。」龍奇道。

「是有可能，只是……」葉昊頓了頓，才道：「聽說陳臘手上有一份資料，具體是什麼我不知道，當年七爺說過，那份資料可以讓賴二翻不了身。只是當年沒人找到，賴二在那之後找了幾年，依然沒結果。所以我懷疑，如果陳哲還活著，資料肯定就在他手裡。現在賴二手下折了兩個，還是以當年相同的方式，他肯定知道了一些，應該一早就有所行動了。不過，現在想弄到那份資料的人，可不占少數。」

「你也想弄到？」衛稜問。

「那是當然。再說，如果資料被賴二的人或者其他想跟賴二合作的人搞到，對我們來說肯定是個不小的打擊。賴二那傢伙現在的胃口可不小。」

「哎，你跟我說說賴二這個人，我分析一下。」衛稜也有些興趣了。

「賴二他啊，我聽七爺說過，賴二原本並不姓賴，有一天雷老大笑著對賴二說『你真是夠賴皮的』，於是賴二就回答『既然雷老大說賴皮，那我以後就改為賴姓了』。賴二當年在他家裡排行老二，於是那之後，大家就叫他賴二，直到現在。不過他倒不以為恥，反而認為『賴二』這名字是個光榮的象徵，記錄了他踩著雷頭而翻身起來的光輝歷史……」

葉昊跟他們說著賴二當年的事情，鄭歎卻一直看著打開的資料夾裡面那張陳臘一家的照片。他將站在左邊的那個胖子和臘梅叔對比了一下，仔細看的話，有那麼一點點相似，可總的來說，確實難以分辨出來，畢竟照片上的陳哲實在太胖，那時候只是個剛上大學的毛頭小子，而臘梅叔體型正常，還有那麼點飽經風霜的歲月沉澱感。

鄭歎還對比了一下站在右邊的那個漂亮的小女孩，她是四個人中唯一一個身材正常的，不過根據文件資料上陳臘自己說過的話來看，小女兒長得像母親，而陳哲長得像父親。照片上的陳哲和陳臘確實很像，就是不知道他們瘦下來是不是臘梅叔那個樣子。

單憑照片，並不能說明臘梅叔是不是陳哲，鄭歎也沒在臘梅叔的房間裡看到過照片之類的東西。而且，他僅是憑感覺而已，心裡也存在懷疑，並不能確定什麼。

正想著，鄭歎瞥見照片下方一行字，那上面的資料介紹了陳臘和他家人的一些資訊，讓鄭歎在意的是，上面寫著陳臘的老婆姓梅。

——臘梅？

要說聯繫的話，這也算是一個關聯點吧。

鄭歎琢磨了一會兒，還是決定到時候去臘梅叔家裡看看，現在想再多也只是懷疑而已，得不到證實。

如果那位真的是陳哲的話……自己作為一隻貓好像也管不了什麼，也懶得去管那些事，按葉昊說的，事情的程度估計已經升級了，自己這隻小貓還是蹲旁邊看著的好。

視線從那張四人照片上移到另一張照片上，葉昊他們談論賴二的時候談到了照片上的這個女人，當年她和陳臘的小女兒比較熟，感情很好，可是，是她將陳臘的小女兒帶到橋那邊的？說不定還做過手腳，不然挺正常的一個小女孩幹嘛要跳河自殺？

因賴二的保護和陳臘的倒下，照片上的這個女人才能安然無恙這麼多年，只是這次，復仇的人來了。

誰對那個女人做了心理暗示？

誰布了這些殺局？

能做到這些的人，智商肯定不低。

那邊葉昊和衛稜他們已經沒再談論賴二和陳臘的事情，轉而去說如今的幾個工程項目，鄭歎就蹲在一旁聽他們聊，一邊聽一邊撈幾顆花生塞進嘴裡，反正衛稜都已經剝好放眼前了，鄭歎所需要做的只是吃而已。

自始至終，爵爺都只是趴在那個沙發座上閉目養神，偶爾動動耳朵，表示牠還警惕著周圍的動靜。

相比起鄭歎來說，爵爺實在是太安分了。

第二章

客串貓神父

從夜樓回來，又過了兩天，鄭歎跑去臘梅叔那邊瞧瞧情況，想將心中的疑惑解決。

鄭歎去的時候是下午三點，和上次一樣，在陽臺那裡放著軟墊和一杯已經冷掉的牛奶。他嗅了嗅，牛奶沒什麼異味，應該還算新鮮。

拍門進去之後，鄭歎就跳上書桌蹲在那裡，沒到處亂跑。從書桌上往房間外望，另外兩個房間的門都是閉著的，其中一個房間已經進去瞧過，是鋼琴房，另一間還是謎。

臘梅叔放了一杯溫過的牛奶在鄭歎眼前，與上次不同的是，臘梅叔這次並沒有進行他的翻譯工作，而是在那個白色的大畫板前忙碌。

鄭歎第一次看到的那些寫著「英文草書」的便簽紙和小紙條都變了，雖然現在上面仍舊貼著很多寫著「英文草書」的便簽紙，但並不是先前那些；白色畫板上、便簽紙條旁，還有一些線條和符號標注，而臘梅叔就拿著麥克筆在那些便簽紙之間寫寫畫畫，白色畫板背景上的線條和「英文草書」越來越多。

令鄭歎鬱悶的是，他一個字都看不懂。

雖然不懂，但看臘梅叔嚴肅的表情，鄭歎覺得畫板上的這些紙條估計詮釋著某些祕密，鄭歎就是除了臘梅叔之外離這個「祕密」最近的……貓。可惜，就算蹲在畫板前，鄭歎也不能從這塊畫板上看出什麼來。

沒去打攪臘梅叔，鄭歎蹲書桌上靜靜看著那邊。和做翻譯工作時不同，鄭歎感覺此刻的臘梅叔除了臉上的嚴肅之外，周身的那種壓抑和沉重感又出現了，似乎還帶著點殺氣。如今的鄭歎對於周圍的感應還算敏銳，這時候都有點坐立不安。

為了緩解一下這種壓力，鄭歎將視線從那塊畫板上挪開。書桌上放著很多書，離他蹲著的地方不遠處有本攤開的雜誌，這年頭一些雜誌賣得很好，很多人還是有看雜誌的習慣，不像以後電腦、手機橫行，大家都去看網路訊息了。

走到那本攤開的雜誌旁邊蹲下，鄭歎看了看雜誌上的內容，想轉移一下注意力，將剛才的壓抑和沉重感祛除，可當他看到這本雜誌上攤開的那頁寫的內容時，那種壓抑和沉重感不但沒祛除，反而更濃了。

眼前這本雜誌總體內容涉及的方面很多，分為幾個部分，有情感、有科技、有時政等等。而攤開的這頁就是一篇關於心理學的文章。

「好人是如何變成惡魔的？」——這是這篇文章所講述的核心問題。

文章很長，攤開的這兩頁中都沒有寫完，上面有很多相對專業的術語，以及一些相關的實驗和事例，鄭歎大致掃了一眼，沒有去細看。

鄭歎覺得這篇文章太深奧，他看不太明白深層次的東西。他自認為自己就是一個俗人，只能用一個俗人的視角來看這篇文章，去理解一些表層的涵義。

即便如此，鄭歎還是感覺不太爽快。

「善惡的界限並不是固定的，而是可變動、可逾越的……情境的轉換能夠造就人性的轉變，在某些情境下，黑與白是顛倒的，良知與罪惡也是顛倒的……人類有無限潛力，能使任何人向善或向惡、關心或冷漠、創造或毀滅，甚至可以由路西法墮落成為撒旦……」

◆◇◆◇◆◇◆◇◆

回到東教職員社區的時候，鄭歎的心情依舊不太爽快。
社區花壇上，阿黃趴在那裡，估計牠一下午就在那裡曬太陽，看上去甚是悠閒，讓鄭歎羨慕不已。有時候，無知也是一種幸運；知道太多了，煩惱也會多啊！
鄭歎不高興的時候，看到悠然自得的阿黃，忍不住上去抽了那傢伙兩下。被搧了兩爪子的阿黃還有些不明所以，無辜地看了看鄭歎，頭一扭，在地面上蹭了兩下，突然看到一隻灰喜鵲，立刻振奮起來，沒半點睡意，朝那隻灰喜鵲走過去。
晚上焦家吃完晚飯，焦爸並沒有去生科大樓，也沒有立刻鑽進房間裡去忙他的事情，焦媽也沒有出去和其他幾個女教師一起跳健身舞，而是坐在客廳的沙發上，夫妻倆商討一件事情。
小柚子的十歲生日宴？！
原本有些蔫蔫的鄭歎聽到之後耳朵噌的就轉向這邊了。
這麼算來，小柚子確實快九歲了，而按照焦爸老家的習慣，實歲九歲，虛歲十歲，論出生日期的話，生日其實還有幾個月，只不過焦爸很快就要出國，到時候焦媽一個人也不好辦，索性徵求小柚子的意見之後，決定在下週就辦。

和小柚子的十歲生日宴相比，其他的事情早被鄭歎踹邊上去了。

突然聽到小柚子生日宴的事情，鄭歎沒有什麼準備，如果提前些時日知道的話，還能想點辦法弄個生日禮物，可現在時間太緊，但鄭歎也不想弄個敷衍湊合的禮物送出去。

既然一時想不到好的辦法、找不到好的禮物，鄭歎決定先記著，到時候找到了再送。

至於小柚子那個不負責任的媽，焦媽打過電話給她，告訴她準備替小柚子辦生日宴的事情，她也沒多說，匯了點錢過來就沒後續話題了。焦家幾人也沒指望柚子她媽能說些啥，期待不大，失落也不會大。

時間確定之後，就得預訂餐廳。

原本焦爸準備在楚華大學附近找一家的，沒想到方邵康這時候打了通電話來，知道小柚子要辦生日宴之後就提出讓焦爸去韶光飯店辦算了，包廂先訂下，都不用焦爸出示會員卡，方邵康直接打個招呼就行。

焦爸想拒絕，但在方邵康和焦爸聊了一通電話之後，焦爸就不再多說了。

不管方邵康到底怎麼說的，鄭歎覺得方邵康還挺夠意思。同時這也告訴一些親戚朋友，焦家對小柚子很重視，請勿忽略這個爸媽不在身邊的小女孩。

除此之外還有一個原因，從利益的角度來看，很多人覺得能夠在韶光飯店這種地方辦生日宴的人是值得多走動走動的。在焦爸出國之後，這些關係不遠不近卻又經常能遇到的同事或者親戚，在必要的時候或多或少能夠幫點忙，不至於直接疏遠而讓焦媽承受太多的壓力。

在這個逐漸顯露出金錢至上的社會，有些手段即便不屑，但也有必要使出來，或許這些因素方邵康在跟焦爸通電話的時候也說過。

等生日宴的地點確定，焦爸就開始準備請帖，還專門買了一些卡通風格的請帖讓小柚子去請她的同學。這種生日宴也能夠讓小柚子與同學們走得更近一些，有西社區的那兩個同班同學岳麗莎、謝欣幫忙，焦爸並不擔心。

當然，這件事也不免被人詬病，已經有好幾個在楚華市工作的親戚在得知生日宴的地點之後，數落焦爸鋪張浪費，又不是自己親生女兒，何必呢？

對此，焦爸並沒有解釋什麼。在焦家，小柚子早已經是其中一員了，他不需要對誰做出更多的解釋說明。

鄭歎對那幾個多管閒事的親戚一點好印象都沒有，那些人來焦家的話，鄭歎也懶得理會他們。不過，鄭歎趁他們不注意，扔了幾隻死蟑螂在他們的包裡面。蟑螂是從對面屈向陽家門口那袋垃圾旁邊找到的，估計是屈向陽翻箱倒櫃的時候將這些蟑螂翻出來拍死了，不然以如今這天氣和氣溫，哪有蟑螂囂張到四處亂跑的。

也有很多人生日宴當天去不了，卻一早就將禮物都送到的，比如趙樂、袁之儀，還有社區裡的一些人。

袁之儀雖然因公務繁忙去不了，但很大度地抽調了公司的一輛交通車，到時候將前往小柚子生日宴的孩子們一同接去韶光飯店那邊，這樣家長們也放心。

至於焦爸的研究生，研究所筆試成績已經下來了，只是錄取標準尚未劃定。不過，按照錄取比例來算，曾靜的分數還算在保險範圍內，如今這位跨系過來的女學生已經跟著她的兩個學長打下手了，早點熟悉實驗室，以後有自己的實驗後上手也快。

有了這位新來的小學妹，易辛從學長晉升為大學長，蘇趣也變成了學長。

鄭歎在他們學長學妹三人過來焦家拜訪的時候見過曾靜，那是一個並不瘦弱的女孩子，將近一百七十七公分的身高，長得還不錯，性格開朗，就是在一些人看來有些壯實了。曾靜在外語學院的時候代表院裡打過籃球、踢過足球，身體素質相當好，或許因為這個，焦爸才會對這個學生放寬了要求，不然招個經常生病的過來，到時候不僅不能幫忙照顧焦媽和兩個孩子，還要焦媽反過來照顧嗎？

不得不說，很多時候焦爸在選學生方面，除了看重人品和真才實學之外，還加了點找保姆的標準。對此，曾靜同學一點都不知情，知情的兩個學長嘴巴閉得嚴實，這種事情還是別說出來的好，太破壞自家導師的形象了。

生日宴當天，焦家的人肯定沒有多少閒工夫管鄭歎，於是童慶被派過來了。有他在，焦家的人也不用擔心太多，畢竟他們都知道，自家的貓生日宴當天肯定不會乖乖待在家裡的。

日子選在週六，一早就有小柚子的同學被父母帶過來東社區這邊，大家約好了在這裡集合，然後去校門口上車前往韶光飯店。

東社區旁邊有個側門，交通車就停在那裡，這些孩子的家長們看到交通車之後放心不少。這種交通車不是那種二手破爛車，是袁之儀公司用來送員工上下班的車，因為公司車庫裡面一直都有備用的車輛，這段時間也用不著，便調過來幫忙。

作為小壽星的小柚子，今天面對這麼多的人雖然有些彆扭，但在此之前已經有了心理準備，還有岳麗莎和謝欣的幫忙，她很快就適應了過來，再看到鄭歎被童慶帶著，她也放心的去招待同學們。

至於鄭歎，童慶這個貓保姆兼保鏢開著車，車裡就鄭歎一個，這待遇讓衛稜都眼紅。

童慶開著車跟在前面那輛交通車的後面，鄭歎百無聊賴趴在後座上想事情，尾巴尖有一下沒一下地動著。在他旁邊有一個行李包，鄭歎到時候得蹲裡面被提進韶光飯店去。雖然方邵康沒說讓鄭歎躲起來的話，但是焦爸焦媽總覺得不能給人添麻煩，要是被其他人看到了多不好，畢竟這年頭大多數人還是反對寵物進餐廳、飯店的，何況還是這種五星級飯店，所以只能讓鄭歎委屈一下了。

好在這個行李包被改動過，加上了幾個網面，夠透氣，也讓鄭歎能夠從網面材料那裡看到外面的情形；而包外面的人如果不仔細去觀察的話，很難發現這個行李包裡面裝著一隻貓。

衛稜今天休假，跟著過來玩，牌桌上小玩了幾把。吃過午飯之後，小孩子們都去遊樂園了，大人們也走了一些，留在這裡的人想多享受一下五星級飯店的娛樂設施，衛稜覺得無聊，叫上鄭歎準備去夜樓那邊玩玩，這時候夜樓並沒什麼人，衛稜也不介意，他就準備過去唱唱歌，然後找個機會跟童慶交個手，他能看出童慶也是從軍隊裡出來的，技癢。

鄭歎蹲包裡被童慶拎著，與衛稜一起往飯店外面走。在出電梯的時候，前面有幾個人往電梯這邊過來。

原本鄭歎也沒準備去注意這些人，這邊人多，來來往往的沒什麼看頭。可當鄭歎聽到一個人名的時候，就不得不注意了。

「喲，賴二，這時候過來這邊吃飯？」從另一邊電梯走出來的人對前面那幾個人裡被護在正中間的人說道。

鄭歎見過說話的這個人，方邵康那次宴請的時候這人也去了，只是鄭歎忘了這人叫什麼。不知道名字並不干擾鄭歎聽到其中的重點。

——賴二？

鄭歎的興致立刻就起來了，從行李包網面那裡看向外面，想瞧瞧葉昊口中的「賴二」究竟是個什麼樣的人。

網面那些小孔並不能阻礙鄭歎看清楚這位「名人」的樣子。看著其實也沒什麼特別的，如果不是聽到葉昊他們講的事情，鄭歎還真不能將這位看上去一派成功人士的中年男人聯繫到葉昊口中的賴二。

不過，人本來就不能只看光鮮的外表。其實仔細瞧的話，能夠從這人的眼神中看出點狠戾。

除了賴二之外，鄭歎還看了幾眼跟在賴二身邊的人，除了賴二旁邊那個身材豐腴的祕書助理一般的女人外，其他幾個都是男人，不苟言笑，估計是保鏢。

童慶並不認識賴二，即便認識，他這時候也不會去管賴二的事情，徑直朝門口走去。因此鄭歎也不能多瞧瞧這位為了往上爬而不惜捅兄弟幾刀、曲意逢迎連姓氏都能改、最後對當初的老大下殺手的人。

很快，鄭歎已經看不到賴二等人，不過能聽到賴二和剛才那位富商相互諷刺。

那位富商似乎在諷刺賴二怕死，草木皆兵到吃頓飯還帶這麼多人；賴二則在諷刺那位富商最近某個專案投資失敗。

鄭歎能從那位富商口中推測到，賴二如今的情況似乎很多人都瞭解，知道了賴二被人盯住的事情。也是，圈子裡哪有絕對的長久的祕密，既然葉昊都知道了，能混到這種程度的人哪有傻子。

不過，童慶沒走多遠，衛稜就對他說臨時有事，改變主意了，讓童慶先帶著鄭歎到處遛一遛，他自己則轉身走進飯店。

鄭歎大致知道衛稜回飯店是為了什麼，他心裡其實也好奇，賴二來這裡是與人談生意，還是見什麼人，抑或單純只是為了吃飯？

不管是什麼原因，鄭歎現在是不能知道了。

沒跑遠閒晃，鄭歎只是在周圍走了一圈，然後趴在車後座上睡了一下午；童慶則聽了一下午的交通廣播，一個字都沒說。

衛稜消失了一段時間，晚餐之前出現了一次，跟焦爸說了兩句就提前離開了。鄭歎想，這傢伙應該是有所發現。

◆◇◆◇◆◇◆◇◆

週六的生日宴辦得很順利，焦爸的目的也達到了，很多人私下裡特意找焦爸說讓他放心地出國，焦媽和兩個孩子他們都會照顧的。

一天的忙碌之後，週日焦家四人都準備好好休息一下。不過，其中並不包括鄭歎。

週六，鄭歎睡了一下午，生日宴上並沒幫什麼忙，也懶得和那些熊孩子們接觸，自己睡自己的，吃飽喝足只等著生日宴結束然後回家繼續睡。因此次日，與焦家四人截然不同的是，鄭歎一大早的精神狀態相當之好。

焦家今天中午才吃第一餐，因為早餐直接睡了過去，鄭歎吃完午飯後就跑出去玩了。

週末學校裡的人比較分散，在外曬太陽的、約會的、跑步的，很多地方都能看到人。鄭歎忽略第七個對著他「咪」的學生之後，決定還是去校外溜達。

下午的陽光不錯，鄭歎走在圍牆上，還碰到幾隻趴在那裡曬太陽的貓。由於已經走過這條路很多次，這邊喜歡在這個時候在外晃悠的貓，鄭歎大致都見過了，當然也有那麼幾隻表現過敵意，鄭歎忽略了而已，他可沒工夫跟這些貓磨嘰。

去工地那邊晃了一圈，鄭歎對現在工地的進度很滿意，即便算不上一天一個樣，但變化是很明顯的，讓鄭歎也有個盼頭。

原本鄭歎準備去臘梅叔那裡看看情況，昨天看衛稜的樣子，估計是知道了什麼重要的消息，不然不會那麼急，所以鄭歎想看看臘梅叔那邊到底有什麼動靜。

即便現在還沒有確切的證據能夠證明臘梅叔就是葉昊所說的陳臘的兒子陳哲，但鄭歎直覺應該就是這個人了，之前兩起命案很大的可能就是這位的報復行動。

在快到達臘梅叔所在的那個社區時，鄭歎突然停下步子，他看到了一個有些眼熟的人。仔細想了想，鄭歎認出對方就是昨天在韶光飯店跟在賴二身邊的人其中之一！

不過，賴二的人來這邊幹什麼？

這周圍都是一片老社區，其中有一塊區域是獨棟的私人住宅，那裡有些人將自家房子建高了之後租出去，雖然來這邊租屋的學生並不多，但也不是沒有，再加上附近的上班族，以及這裡相對與新社區來說廉價的租金，這邊的房子也還算緊俏。

鄭歎看著那人對站在路口的兩個人說了什麼，那兩個人點點頭，然後繼續站在路口。三人的穿著並不顯眼，看著比較隨意，要不是鄭歎認出其中的那個人，還真不會去注意他們。

那人跟路口的兩個人說完話之後，就從路口進去了。鄭歎想了想，也跟著往裡面走。至於守在路口的兩個人，他們只是瞟了鄭歎一眼，就繼續觀察周圍。一隻貓而已，他們並不會多注意，這周圍的居民養貓的不少，剛才他們就看到過兩隻。

從這個路口進去，兩旁都是五、六樓的舊式公寓，灰色的樓牆沒有多少豔麗的裝飾，很多住戶陽臺上晾曬著衣服，只是由於兩棟樓離得太近，住在這兩面的住戶並不能很好的享受陽光。

路比較窄，轎車駛進來的話，剩下的寬度只能勉強容納下自行車。

鄭歎離著點距離，跟著前面那個人。他還注意到，沿著路往裡走的時候，中途隔段距離就站著一個人，和路口的那兩人一樣，他們的穿著看起來比較隨意，但鄭歎能從他們身上感覺到一點凶煞意味。前面的人在經過的時候和那些人有一個輕微的點頭動作，或許還有眼神交流，鄭歎站在後面並不能將那些動作看清楚，他只能盡力做到自然，像普通的家貓一樣從他們身邊走過。

好的是，這些人和站在路口的兩人一樣，壓根沒有將鄭歎放在心上，這也讓鄭歎的跟蹤行為順利了不少。

在緊跟的過程中，鄭歎也在琢磨：大白天的，這些人到底要幹嘛呢？

走了一段距離之後，兩旁不再是那些舊式公寓，而是一棟棟私人住宅。

那人並沒有就此停住，而是一直往裡走。

走了約莫七、八分鐘之後，那人停在一棟住宅前。這棟住宅和周圍的建築風格差不多，兩層小樓，帶著一個大約四坪多的小院子，可能因為長期沒有人居住的關係，院子裡雜草很多。

與剛進路口時的狹窄感不同，這一帶每棟建築物之間還有些距離，很多房子都有自己的小院子，雖然不大，但看著也挺有情調。

鄭歎看了一下，這裡的住宅不像前面看的那些住宅那麼高，大部分只有兩、三層樓的樣子，偏美式建築。居住在這裡的人應該挺懂享受的。

一年前，這棟別墅前面其實還有很多跟這棟一樣的住宅，如今都被拆了，已經圍上了施工圍籬，不知道要建什麼。而原本住在這裡的一些人都已經搬走了，只有一棟棟空房子留在這裡等著被拆。

那棟住宅前面站著幾個人，鄭歎看著那人走過去跟門口站著的人說了幾句話之後，拿出手機打電話。

兩分鐘後，一輛車從另一邊的路口過來。與鄭歎進來的那條小路不同，那邊的路通向一條寬闊的大街，從那邊路口過來一直到這裡為止，沿途都是施工工地，相信這裡在不久之後也會被拆除掉，在這裡租屋的一些人應該已經思考著另覓他處了。

車裡的人應該就是賴二。

鄭歎小心避著賴二的人朝那屋子靠近，雖然一隻貓對這些人來說並不算什麼，但是鄭歎不確定這些人會不會為了謹慎起見而對一隻貓下殺手，不過他心裡確實好奇，既然碰著這事，如果只在旁邊看著，鄭歎也不甘心。

要不怎麼說好奇心害死貓？

變成貓之後，鄭歎的好奇心也越來越大了，或許是因為變成貓之後生活挺無聊的。

鄭歎趁著門口的幾個人去注意開過來的車，繞到旁邊從牆上爬到二樓窗戶那裡。

現在鄭歎爬牆壁爬得越來越得心應手了，只要不是那種特別光滑的牆壁，在一定的高度內，鄭歎都能夠輕鬆爬上去。

賴二從車裡出來，鄭歎之前跟蹤的那個人走過去對賴二彙報情況。

「幾個路口附近也都安排了人手，左右和後面的幾棟樓都清理過了，樓下也有人守著；屋裡檢查過了，那間房我親自檢查了三次，在隱蔽的地方發現了一個監視器，已經拆了；房間裡面確實有一臺電腦，沒人打開過，您放心。」

賴二抬手，示意自己知道了，然後攏了攏外套，走進屋。

本來鄭歎打算爬上去找個窗戶鑽進屋裡看看，可很快，鄭歎聽到裡面傳來微弱的聲音。鄭歎此刻所在的是屋子側面的窗戶，而那些人應該是在正面窗戶所在的那間房。

鄭歎小心地移過去，現在是白天，一不小心就容易被發現。好的是，守在下方的人站在大門門口，看不到上面的鄭歎。

賴二上樓之後，就往一間房走過去，從房間的窗戶能夠看到屋子前面的那片工地，只不過此刻被老舊的百葉窗簾擋住了。

房間裡的擺設很簡單，一目了然，裡面有一張桌子，桌上放著一臺筆記型電腦。

跟在賴二身邊的一人走過去將電腦打開。

鄭歎移動到二樓正面窗戶那裡，從百葉窗簾的薄片縫隙間往裡瞧。

其他人都退出去了，只有賴二在裡面，因為在涉及到一些祕密的時候，賴二不希望除了自己之外的任何人知道，他誰都不相信。

賴二坐在桌子前，用那臺電腦正與人視訊。鄭歎的耳力不錯，所以雖然賴二將聲音調小了一些，但鄭歎還是能模模糊糊聽到點聲音。

電腦螢幕上是一個穿著黑色外衣、戴著面具的人，面具是圓形的，看著有些簡單粗糙，像小孩子們的那種玩具，沒什麼特色。

「強叔，好久不見。」螢幕上的人說道。

「陳哲？」賴二盯著螢幕上的人，咬牙切齒。

鄭歎聽到陳哲的聲音時便已經確定，這個陳哲就是臘梅叔。

「哦，差點忘了，你現在應該叫賴二。是不是覺得這裡很熟悉？我記得，小的時候，父親做生意手頭有了點錢，就在這裡買了房，他說喜歡電視上的那種，所以建成了一棟偏美式的房子，周圍的鄰居們後來紛紛仿效，所以這周圍當時被人戲稱為『高檔別墅區』……」陳哲像是陷入回憶一般。

「我今天來不是聽你敘舊的。東西在哪裡？」賴二打斷了陳哲的話。

陳哲卻沒有就此止住，繼續道：「後來父親有些名氣了，家裡搬去市中心商業區，只是偶爾會來這裡休息一下，不用吃那些高檔飯店的訂餐，母親下廚，一家人過個平凡的週末……」

「好了！我時間有限，東西在哪裡？！」賴二厲聲問道。

「你心虛了？害怕了？當年你讓人將他們燒死在這裡的時候，是什麼心情？他們一直在天上看著你。」陳哲的聲音有些低，平靜中帶著一些恍惚意味。

「憑這點小伎倆你能唬住我？」賴二哼笑道，「你買下了這塊地，將燒毀的房子重新建成這樣，發匿名郵件給我讓我來這裡，提起你那葬身火海的父母，就是為了讓我害怕？他們活著的時候我都不怕，死了就更不怕！」

突然想到什麼，賴二陰惻惻地道：「監視器是你放的？可惜，我已經將它拆除了。我承認你長本事了，一聲不響解決兩個人還沒留什麼痕跡，確實是有進步，但對我來說，你還嫩著！你說的那個東西我已經有消息了，你不說我也找得到，至於你……藏了這麼多年，既然已經出來了，那就等死吧！」

陳哲聽到這話並不在意，對賴二道：「你相不相信『報應』這種事？」

在陳哲說出這句話的時候，一直在窗戶外從百葉窗簾薄片之間的縫隙往裡瞧的鄭歎，突然有種極度恐懼的感覺——雖然不是針對他自己，但他卻無法擺脫這種強烈的不安感。

鄭歎對周圍環境的感應越來越敏銳，他也相當相信自己的直覺，正因為如此，鄭歎很後悔因為好奇而跑到這裡來看戲。

再強烈的好奇，再不甘心錯過機會，那也不能拿小命做賭注啊！就算是一條貓命也得珍惜，活著總比莫名其妙死了的好，何況還是被牽連的——即便這種威脅並不是針對鄭歎自己。

此刻的鄭歎並不知道，在他身上，從背脊到尾巴尖的毛都因為莫名的恐懼而炸起來了，他也根本沒有多餘的精力來感受身體因為這種莫名恐懼感而帶來的變化。

——保險起見，離開這裡！

而正準備開溜的鄭歎，在視線從屋內挪開的前一秒，透過窗子那面老舊的百葉窗簾薄片之間的縫隙，看到了他人生加上貓生這些年從未見過的一幕。

火焰，從賴二身上突然燃起！

沒有看到誰澆汽油，也沒有看到誰點火，賴二就這樣燃燒起來了！

如果忽略鄭歎那敏銳的直覺，這情形可以說是毫無徵兆。

從鄭歎的角度，看不到賴二臉上的表情到底怎樣，只能看到電腦螢幕上那個戴面具的、依然冷靜或者說冷漠的人，以及螢幕反射出來的詭異的火光……

賴二一直覺得，陳哲是個嚇一下就會露出馬腳的楞頭青。前兩起命案，賴二能夠猜到犯案的手法，雖然現場並沒有留下任何有力的線索，但賴二就是知道下手的一定是陳哲，當年那條漏網之魚。他甚至後續的行動都已經計畫好了，只要陳哲露出馬腳，手下的人一定會找到這個躲藏了多年的人，即便不是現在抓住，那離抓住陳哲也不遠了。

只是他沒料到，會有這樣的結局。

賴二直到失去意識的那一刻才知道，原來他從未瞭解過眼前出現在螢幕裡的那個人。不管是記憶中從小被同胞妹妹光芒擋住的那個一百多公斤的胖小子，還是眼前電腦螢幕上這個戴著面具悄無聲息下殺手的人。

被火焰吞噬的時候，賴二一聲都沒吭，沒有呼救，沒有發出痛苦的哀號，甚至都沒有太多的動作，不是因為他不想，而是不能。

賴二的雙手搭在椅子扶手上，在他的右手邊還放著一個小機器，只要按下上面的按鈕，守在這間房外面的人就會立刻衝進來。

可是，他連這個機會都沒有。

鄭歎就看著房裡坐在椅子上的那個人被火焰包裹，而且相當詭異的是，火焰只在他膝蓋之上的部分燃燒，從小腿到鞋子都不在火焰包裹的範圍內。火焰看上去很灼熱，坐在椅子上的賴二因為燃燒而以肉眼可見的速度在變化著。

很奇怪的是，火焰並沒有大肆蔓延開來。

沒有火源，賴二並沒有吸菸，房間裡易燃易爆的物品不可能存在，賴二手下的人早就將這棟房屋清理過一次，疑似危險的物品都沒放過；賴二一直很謹慎，甚至將擱有筆記型電腦的桌子都挪了地方。但即便是這樣，為什麼還會突然發生這種事情？鄭歎怎麼也想不明白。難道，陳哲布下的「陷阱」並沒有被賴二的人發現？

突然，鄭歎想到了一件事。

有一次在楚華大學裡閒晃的時候，鄭歎偶然聽到幾個學生討論過類似的現象。他們將那個現象叫做——人體自燃。

或許，歷史上記載的那些事例中，人體自燃確實沒有其他刻意的人為因素影響，但此刻眼前正發生著的事情告訴鄭歎，至少這件事是絕對有人為的關係在內的。打死鄭歎也不信賴二被一個隱忍了多年才出來報復的人叫到這個房間裡，還被燒成這樣，僅僅只是巧合？！

曾經有很多人認為，惡人自燃是「上帝的懲罰」。然而，從科學的角度來講，自燃到底是什麼呢？

脂肪、酗酒、靜電、原子反應，甚至被廣泛認可的燈芯效應都無法真正解釋這種事情的本質。不然，人體自燃也不可能被列為世界十大未解之謎了。

或許，陳哲解開了這個謎；也或許，陳哲跟解開這個謎的人接觸過；又或許，是其他的人們想不到、甚至是那些被批為異想天開的可能……但不管是哪種情況，此刻發生的事情確實匪夷所思，也著實狠狠的讓鄭歎驚嚇了一把。

鄭歎記得那幾個討論人體自燃現象的學生說過，在這種現象裡，人體著火的部位可以在短短二十分鐘內被完全焚毀。

不管這是不是所謂的人體自燃現象，不管這是復仇還是其他的什麼，也不管屋內正發生著什麼，鄭歎此刻只想遠遠離開這裡，離開這個讓他感覺毛骨悚然的地方。

鄭歎看了看房子側面，現在沒人從這裡走，他便立刻跳了下去。有些高，鄭歎也沒有經過什麼緩衝，而且因為剛才親眼見到的事情，鄭歎渾身還有點僵硬，著地的時候腿有些疼，但他也顧不上那麼多了，趕緊離開才是首要的。

鄭歎沿著路跑出來的時候，看到路口有兩個人接了個電話，隨即臉色大變往裡跑，就知道賴二那裡的事情應該被發現了，只是這個時候，賴二這個人絕對已經死翹翹了。

這條路並不是鄭歎之前跟著賴二手下那人走進去的那條，而是通往大街的另一條路。大街上來來往往的車輛和行人，也讓這條街道升溫不少。

有陽光，可是天空像是被一層霧霾遮掩著，陽光並不純粹，又或者是心理因素占據主要，總之鄭歎沒感覺到半點陽光帶來的溫暖，反而那種顫慄感還跟隨著，沒有因為離開那個地方而完全消失。

跳上一個花壇，鄭歎蹲在裡面休息，緩解一下剛才那種突如其來的恐懼和不安所帶來的壓力。他一向認為自己還是有些膽量的，但現在，他懷疑了。

呼吸還沒緩過來，恐懼感已經淡化，鄭歎深呼吸，準備用焦爸曾經說過的呼吸減壓法來緩解一下，可這口氣才呼出一半，鄭歎就差點嗆住。

他看到了幾棟高高的樓。

那幾棟高樓在這一帶還是比較明顯的，雖然離這裡不算很近，但也不遠。而那裡，就是臘梅叔——陳哲所居住的社區。

——早該想到的。

街道與街道之間本就是相通的，之前鄭歎沒發現，有部分原因是因為從這裡到那邊的社區，中間隔著一片舊式公寓，鄭歎之前觀察的角度也不對，因此並沒有發現這點。不過，鄭歎覺得主要還是自己對這一片區域不怎麼瞭解的緣故。

原來，臘梅叔陳哲一直離這裡這麼近。那是不是說，陳哲早就決定布下這麼個局等著賴二跳進來？

毫無疑問，賴二肯定死了，燒死的。但同時鄭歎相信，就算是警察到來，也根本找不到任何一個有力的證據來證明這起火災是人為的。懷疑是一方面，證據卻是必須要的，拿不出證據、找不到線索，什麼都是空談。

鄭歎好好回想了一下瞭解到的事情，以及今天經歷的、親眼看到的這一切。

毫無疑問，陳哲很瞭解賴二，知道他一定會來這裡，會獨自待在房間裡。房間的窗戶上有百葉窗簾，他知道賴二一定會將百葉窗簾拉上，這樣一來，就算房間裡起火，外面的人一時間也發現不了，不可能在最短的時間內救出賴二，只要拖延了時間，賴二折在這裡的可能性就越大，何況還是這種詭異的起火燃燒方式。

至於賴二的手下拆掉的監視器以及發現的那些可疑的危險物品，估計只是陳哲放出來的煙霧彈。至於他們所說的「東西」，鄭歎不知道那是什麼，現在他也不想知道那是什麼，這種時候還是安安分分的當一隻普通的貓算了。

看了看周圍，現在是不可能從那條小路穿回去的，鄭歎不想碰上賴二的人。於是，他瞧瞧身後，又看看前方那幾棟高樓，決定還是從前面走，繞一圈，順便去臘梅叔那邊看看情況。這次不進去他家，他就在高樓外面看一下，看看這位復仇者在不在那裡，然後就離開，回楚華大學的社區等著吃晚飯。

鄭歎打算得很好，這樣既滿足了自己那因為剛才的事件而被嚇得萎縮到一咪咪的好奇心，又能夠讓自己處在一個安全的範圍。

從園牆翻進社區，鄭歎來到臘梅叔居住的那棟樓樓下，臘梅叔這時候在家，裡面房間的燈還亮著，鄭歎在樓下都能夠看到裡面晃動的人影。

正當鄭歎琢磨著臘梅叔那傢伙是在計畫復仇完畢之後逃跑呢，還是在想別的，就恰好看到打開陽臺門的陳哲。鄭歎差點就跟阿黃那樣因為突然的驚嚇反應如袋鼠一般噌噌跳開。

壓下立刻逃跑的想法，鄭歎努力表現得跟其他貓一樣裝傻離開算了，就聽到站在陽臺上的那人喊道：「嘿，黑貓！」

鄭歎沒理。

陳哲又喊了幾聲，鄭歎才不得不看向那邊，同時心裡還想著：過去的話，會不會被燒得只剩下四隻貓爪子，而連條尾巴都不剩下？

但是又不得不承認，此刻面對著陳哲，這位被孩子們親切稱為臘梅叔的人，鄭歎並沒有感受到之前在賴二所待的那間房外所生出的那種莫名其妙的不安感。

陳哲也沒想到一開門就看到這隻黑貓，原本他燒水泡茶的時候，順便溫了一杯牛奶準備將陽臺上那杯隔夜的換掉。他後來才在偶然中知道不是每隻貓都能喝牛奶的，但看這隻黑貓每次來都喝得挺歡樂，便將這個習慣一直堅持了下來。

見臘梅叔朝自己招手，還揚了揚手中裝了牛奶的紙杯，鄭歎猶豫了。

——去不去？

鄭歎思量著。

在此之前他的決定是瞟一眼就離開，遠遠離開這裡。可是現在看著臘梅叔帶著善意的、強烈期待的目光，鄭歎那被打壓得只剩一咪咪的好奇心重新蹦踏起來了。

——臘梅叔又想幹什麼？

鄭歎慢吞吞跳上去，鑽進陽臺。

陽臺上還是老樣子，紙盒、軟墊、裝著牛奶的紙杯。

因為鄭歎過來了，陳哲也就沒將裝著溫好的牛奶的紙杯放在外面，轉身進屋，將牛奶放在已經跳上書桌的鄭歎眼前。

鄭歎跳上書桌只不過是為了讓自己的視野開闊一點點，看看屋內的變化。

與前幾次來這裡所見到的情形相比，今天這間房，不，應該說這整個屋子裡都已經發生了很大的變化。

書架上的書都已經沒了，陳列著物品的架子上也空空的，從這裡鄭歎還能看到屋裡另外兩個房間的門都打開著，只是現在什麼都沒有了，客廳的地上多了幾個已經封好的大箱子。

書桌上放著一杯臘梅花茶，看那騰起的熱氣，應該是剛泡的茶。裝臘梅花的罐子已經空了，這是最後的臘梅花碎泡的茶，社區裡的臘梅花現在也沒多少了。隨著春季來臨，氣溫升高，臘梅花將退出人們的視線。

茶杯旁邊有一本倒扣著的外文書，如果不是不久前才親身經歷過那件匪夷所思的事情，鄭歎也不會將眼前這個看上去還比較愜意的一幕與前者聯繫起來。

再次看了看眼前的人，鄭歎才發現，相比起前幾次見到陳哲，現在的陳哲有了些變化，雖然以前他看上去也挺溫和，但鄭歎總覺得這傢伙周身都籠罩在沉重的陰影裡面，即便笑著的時候這種沉重感也沒有消失；而現在就像是驅散了霧霾的天空，變得清亮、純粹了。

對著看似無害的動物的時候，人們總能表現得更自然。

陳哲重新坐回書桌前，他盯著鄭歎盯了兩分鐘，在鄭歎心裡開始不爽的時候，他終於將視線挪開，交代了自己做過的事。陳哲只是簡單提了一些事情，提了三起命案，卻並沒有細說每件事的手法過程，尤其是最後賴二的事件，只是簡單概括為「It´s a trick」。

鄭歎聽著他的話，心想：果然和我猜的一樣，賴二的結局就是這位一手造成的，只是陳哲他到底怎麼做到的？

trick？騙術？戲法？魔術？

然後呢？

然後，就沒有然後了。

臘梅叔說完這句英文之後端起茶杯，端起桌子上的那杯茶喝了一口，繼續說其他的。

鄭歎：「……」

這倒是讓鄭歎很失望，雖然那個場景看著確實很恐怖、很詭異，但說不好奇那是不可能的，就像見證了一場偉大的魔術之後，人們會琢磨魔術師到底怎麼做的呢？

因此，鄭歎最好奇的就是，賴二到底是怎麼被燒的？陳哲到底耍了怎樣的手段提前設下了怎樣的陷阱？可惜陳哲他就是不說。

「那架鋼琴已經捐出去了，客廳的幾個大箱子裝的都是書，也是要捐出去的，甭管外文原版的還是漢語書籍，全都匿名捐給了幾個偏僻山區的國中圖書館，在那裡教學的一些老師以及學生可能會用得到……」陳哲繼續說著。

只是，為什麼他突然對著一隻貓說這些？真是莫名其妙。

鄭歎想不明白。

也沒心思去喝什麼牛奶了，鄭歎無聊地看了看周圍，然後視線放在茶杯旁邊那本倒扣著的書上。那是一本原版的外文讀物，不是英文的，鄭歎不知道那是哪國語言，鄭歎關注的重點也不是那本書到底講了什麼，而是書封上的那幅畫：教堂裡，一個少年在向神父懺悔。

很多人懺悔是為了解脫精神上的苦難，臘梅叔陳哲也是在懺悔嗎？

不對！重點是，如果這傢伙真的是在懺悔的話，為什麼要對著一隻貓懺悔？這懺悔個屁啊！

鄭歎看了看那本書的封面，再看看坐在椅子上朝自己正自說自話的陳哲，再看看書的封面，再看看陳哲……

——臥了個槽的！

鄭歎突然有種想掀桌子的衝動。

——尼瑪，老子現在是隻貓啊，不是神父，你他媽要懺悔對著一隻貓幹嘛？！

不過，陳哲這傢伙也不像是純粹的懺悔，倒有點像是單純的想發洩心理壓力的樣子。也是，這種事情不能對外人說，即便是最親信的人，也不一定能告知。至於陳哲選擇一隻貓為傾訴對象的原因，鄭歎大致也能猜到，這已經不是鄭歎遇到的第一個對著動物訴說壓力來緩解心理負擔的人了。

很顯然，對人們來說，貓不會說話，也聽不懂人話，就算聽懂了，牠們也無法將聽到的事情告知第二個人。

只是，鄭歎就是那個特例。他不僅能夠聽懂，而且對這件事情還有一定程度的瞭解！

「Ashes to ashes, and dust to dust; in the sure and certain hope of the resurrection unto eternal life……」（注：原句意為「灰飛煙滅，塵歸塵；透過我們的主耶穌基督復活得永生」。）

陳哲說完，沉默了一會兒，然後深呼吸，臉上露出一個如釋負重的微笑。抬起頭，見蹲在書桌上的貓正瞪著自己，看上去像是很驚訝的樣子。陳哲再次笑了笑，他曾決定將這些事情都埋在自己心底，從來沒想過將這些事情說出來，就算說，也沒想過是對著一隻貓說。果然，憋在心裡的話說出來會暢快很多。他感謝這隻貓，如果不是這隻貓在，未來的生活他仍舊得背負著這些長年來的壓抑。

突然想到什麼，陳哲從口袋裡掏出一個金色懷錶似的東西，在鄭歎眼前晃了晃，「黑貓啊，你說，這個東西我該怎麼處理呢？對很多人來說，它很重要，甚至能夠引發背叛，可我並不想一直帶著它，看見它我就會想到那段夢魘般的過去。」

鄭歎其實已經很不耐煩了，聽陳哲嘮嘮叨叨了這麼多，關鍵想聽的地方這人又不細說，現在還提著一個懷錶在眼前晃動，晃得眼睛累，這讓鄭歎更心煩了，於是直接抬爪子將眼前晃動的懷錶拍到旁邊。

陳哲本就沒有將東西拿牢，說話的時候還有些走神，他並沒有想要從一隻貓這裡得到什麼建議，他只是隨口說出來而已。突然感覺到手上被鏈子扯了一下，看過去的時候，懷錶已經脫離他的手指，躺在書桌上了。

似乎沒有想到會這樣，陳哲愣了下，然後看著被扔旁邊躺桌上的懷錶，數秒後，陳哲釋然一笑，「按照你的建議，那就這樣吧。」

鄭歎有些懵：什麼建議？「這樣」又是哪樣啊？

那個金色的懷錶並不大，但應該有些重量，鄭歎抓過去的時候就感覺到了。

看陳哲無所謂似的反應，鄭歎覺得，這懷錶就像是生活中一個很常見的日用品一般，沒什麼值得小心翼翼的。陳哲拿著的時候也沒有捏緊，如果是什麼珍貴的東西，肯定不會這樣，而且他看到鄭歎將那個懷錶一爪子扔桌上發出咚的一聲響之後並沒有很緊張的去查看，也沒有一點生氣的意思。

只不過琢磨一下陳哲剛才的話，鄭歎又不確定了。

在這之前，鄭歎聽葉昊他們說過可能存在於陳哲手上的某份資料能夠扳倒賴二，讓葉昊他們在楚華市削去一個強而有力的競爭的對手，葉昊也很想拿到那份資料，可鄭歎在偷聽賴二和陳哲的視訊通話的時候，並沒有聽到什麼「資料」，「東西」這個詞倒是出現過，並且這「東西」聽上去對賴二很重要，賴二自己也有眉目了。

——東西……

鄭歎重新看向腳掌邊這個金色的懷錶。能夠讓人不惜背叛朋友的東西，怎麼可能只是個日常生活用品級別？

陳哲見到眼前的黑貓垂頭盯著腳邊的那個東西，以為牠只是好奇，就像對待一個新玩具似的，所以並沒有過多注意，而是自顧自的繼續說道：「父親當年在出事前對我說，如果能夠逃離，就遠遠離開這個地方，重新生活，如果實在過不下去，可以打開它。可是，我很討厭這個東西，每次見到它我都會想到，就是它引發了那個背叛者的貪念和歹意。至於生活，平凡普通點，賺的錢能過日子就行了，閃耀的人那麼多，我沒必要去湊熱鬧。這個世界臥虎藏龍，有人高調，有人低調。」

說著，陳哲用手指戳了戳眼前這隻黑貓的貓頭，「這個東西，就按你的意思放在這裡吧。那些人，誰先找到它就是誰的，看天意吧。這也是種機緣，你說是不是？」

——是你大爺！

鄭歎頭一歪，避開陳哲的手指，繼續研究腳邊這個土豪金懷錶有什麼特殊之處，但煩惱的就是有陳哲看著，鄭歎不敢做出什麼太特異於普通貓的動作，比如撈起懷錶打開它之類的。

陳哲突然想起什麼，起身走到房間一個尚未封上膠帶的紙箱旁，打開紙箱，在裡面翻動著。

鄭歎走過去看了看，箱子裡放著一些筆紙、盒、記錄本、資料夾等。

陳哲從紙箱子裡拿出一個塑膠筆盒。這筆盒有些大，分兩層，上層有一些長短不一的彩色鉛筆，下層則是排列整齊的普通鉛筆，從B到H排列。

這些長短不一的彩色鉛筆是社區的一個孩子給的，陳哲替他們畫過一次鉛筆畫，那孩子便將自己手上舊的一直擱角落裡沒用的彩色鉛筆送給了陳哲。那孩子覺得反正自己已經有幾套新的彩色鉛筆，舊的也用不著，還不如送給這個經常給糖果又會畫畫的叔叔。

陳哲隨便拿了一枝上次沒用完的半截鉛筆，打開畫本準備畫畫，還沒動筆，一隻貓爪子搭在筆盒邊上，讓注意力還沒從紙箱移開的陳哲停下手中的工作，然後順著貓的視線看過去，發現眼前這隻貓竟然看著那些彩色鉛筆。

彩筆畫？

陳哲思考了幾秒，看了看手上那枝隨意拿出的筆，放回去，拿起另一枝彩色鉛筆。

廉價的筆，畫技也遠比不上那些科班出身的人，但鄭歎覺得這幅畫畫得還是很好的，至少他覺得陳哲沒將自己畫歪。

這也是這麼多年來，陳哲第一次畫彩色鉛筆畫。

其實彩色也不錯，不是嗎？

畫完畫之後，按照習慣，陳哲將日期等資料標注好，然後看向鄭歎，「留個紀念，我不喜歡拍照，所以把你再畫下來，等以後回憶起來也能記得我曾經認識一隻貓。」

陳哲小心的將畫紙放進資料夾裡，將紙箱整理好之後，坐回椅子上，說道：「我今晚就離開了，或許以後也不會回來。」

——晚上就走？這麼急？！難道查上門來了？

又在陳哲這裡待了十來分鐘，鄭歎不能再留了，他得回家。

陳哲站在陽臺上，看著快速跑遠消失的那道黑色的貓影。

◆◇◆◇◆◇◆◇◆

第二天，鄭歎被小郭帶過去臨時拍了部短片作為新產品的宣傳，鄭歎這一天直到晚上才閒下來。吃完晚飯之後，鄭歎左思右想，還是決定出門一趟。從昨晚到現在，他腦子裡一直想著陳哲和那個金懷錶的事情。

決定之後，鄭歎伸了個懶腰，從沙發上跳下，準備出門。

「黑碳，晚上還出去玩？」正在廚房裡洗碗的焦媽看著這邊道。

鄭歎看了看焦媽，喉嚨裡發出一聲不大的「哇嗚」聲。鄭歎到現在還叫不出普通貓的普通叫聲，不過焦家的人已經習慣了鄭歎的與眾不同，「嗷嗚」、「哇嗚」之類的沒少聽過。

因此，聽到這聲「哇嗚」之後，焦媽就道：「早點回來。」

其實很多養寵物的人在日常生活中都會跟牠們交流，用平常交談的語氣來對待。

比如社區裡一戶人家養的小京巴想拉屎拉尿的時候就會使勁蹦踏引起注意，牠家的人會解開牠的套繩，帶牠到大樓門口，打開電子鎖，然後對牠說「去吧，拉完回來」，然後那隻小京巴就會自己衝去草叢和樹那邊，拉完屎尿，爪子在草地上刨幾下抒發牠的暢快高興感，再然後就自己回大樓對著飼主搖尾巴求獎勵。鄭歎每次看到那一幕都會很鄙視，拉泡屎也求獎勵，簡直傻透了。

出了楚華大學，鄭歎徑直朝陳哲所居住的社區過去。

站在樓下，鄭歎見到陳哲家沒有開燈，陽臺上的門關著，但沒鎖，鄭歎趁著這時候天還沒黑、路燈還沒亮，就跳起來打開了門。

屋裡空蕩蕩的，已經沒了人氣，只有簡單的陳設和一片黑暗。

這就是陳哲所說的「你的建議、那就這樣」的意思。天知道鄭歎那時候只是嫌這懷錶晃著礙眼才將它捽腳邊的，沒想到引起了陳哲的誤會。

鄭歎動了動耳朵，確定這時候屋裡沒人，跳上桌，便看到了擱在這間房裡書桌上的那個金懷錶。桌上已經不再有電腦、翻譯資料、各種圖書和雜誌，連茶杯都沒有，這樣就讓那個懷錶更顯眼了。

走到懷錶旁邊，鄭歎抬起兩隻前爪將懷錶拿起，反正這時候也沒人看自己，用兩條腿走路也不怕被發現。

天色這時候已經黑了下來，屋內一片黑暗，鄭歎不敢隨意開燈，再說不開燈他也能夠看見屋內的景象，沒必要去冒那個被發現的危險。

和之前想的一樣，這個懷錶有些重，並不像看上去的那麼輕巧。

鄭歎摸索了一下才打開懷錶，打開的時候鄭歎還擔心會不會有陳哲布下的陷阱，雖然現在沒有那種毛骨悚然的感覺了，但鄭歎心裡還是有那麼點忐忑……沒辦法，嚇的，後遺症。

打開之後鄭歎才發現，這並不是什麼懷錶，上面有個刻度盤，裡面沒有數字，而且只有一根指標，鄭歎拿著懷錶左看右瞧的時候，那根指標也隨著轉動。

——指南針？

——也不是啊，指南針不都是雙頭的，一個N、一個S嗎？

——再說了，這根指針指的也不是南面。

聯繫到之前聽到的那些資訊，鄭歎猜測了很多可能，最讓鄭歎激動的一種猜測就是——難道，這根指標所指示的方向有什麼祕密的東西？是葉昊所說的資料，還是其他的什麼？

不管這根指針指的地方有什麼東西，鄭歎都不敢輕舉妄動。

如果這個東西真的有那麼重要，真的如他所猜想的一樣的話，這東西太燙手了。

有多大能力就扛多重擔子，超負荷的代價是慘重的，鄭歎可不想跟陳哲他家一樣，而且現在的他不過是一隻貓，一隻連法律都不會替你說話的貓，連他所待的焦家，都是背景普通的大眾老百姓，怎麼能跟那些人抗衡？

都別說方邵康、葉昊那層級的人了，一般的小混混也能讓沒有焦爸的焦家三口人陷入危機。

鄭歎不想陰謀論，不想思慮過甚，但經歷過這次的事情後，鄭歎知道「意外」事故真的不是那麼難。

可是就將這東西放在這裡，似乎又太浪費。陳哲是不在乎，他大仇已報，追尋平靜生活去了；但他不在乎，還有其他更多的人在乎。

鄭歎動了動耳朵，聽到門口有動靜，心中一凜，這個時候應該不是陳哲吧？不是陳哲，那麼就極有可能是那些一直尋找這個「東西」的人——可能是葉昊的人，也可能是其他人。

鄭歎將爪子上的東西輕輕扣上，鏈子繞好，然後拿著它往陽臺外走，還好剛才進來的時候沒有關陽臺的門，這時候離開也方便，不會造成開門的聲響。

鄭歎從陽臺鑽出走到停車位上方的空間，還好這裡的角度比較偏，社區的燈光照不到這裡，也沒人會注意到剛才一隻貓直立行走，兩隻爪子還抱著東西。

將手裡的東西放在角落裡，鄭歎則蹲在它前面擋住，然後支著耳朵聽陳哲屋子裡的動靜。屋子裡肯定進人了，不只一個，而且進來的人沒有開燈，過了一會兒，鄭歎聽到他們低聲咒罵，然後應該是在打電話彙報。

很快那些人便離開了，鄭歎走到空臺邊沿上，看著下方。有三個年輕人從樓裡出去，其中一個壓低聲音又罵了一句，這讓鄭歎確定剛才進入陳哲屋子的就是他們。

等那三個人開車走遠，鄭歎正準備縮回頭，卻發現有個人從下方停著的一輛車裡出來。角度問題，看不到面貌，但鄭歎感覺這人有些熟悉，自己應該是認識他的。

那人經過這裡的時候，抬頭看向陳哲家的陽臺，然後似有所感，看向離陽臺很近的正待在陽臺邊沿的鄭歎。

喲，還是熟人。看到那人的樣子之後鄭歎心想。

如果用一句話來形容龍奇現在的心情，那就是——心中的羊駝駝已呈萬獸奔騰之狀……

這個世界上有很多人不怕蛇，卻怕青蛙。這很讓人覺得奇怪，他們能夠面不改色地把玩那些色彩斑斕身含劇毒的毒蛇，可是當他們見到沒有尖牙、沒有利爪的青蛙時，卻會不自覺的臉色蒼白，渾身冒冷汗。

龍奇就與這類人相似。他能夠一眼不眨地崩掉某個人的腦袋，對著凶悍的惡犬時也能鎮定自若，卻在見到貓的時候不自覺的僵硬。

其實，以前龍奇的這種情況沒有像現在這麼嚴重，但是自從鄭歎和爵爺相繼出現之後，龍奇身上的這情況越來越明顯了。當然，如果是遇到其他的貓，龍奇頂多只會稍微僵硬那麼一下下，也只有在遇上鄭歎和爵爺時，才會讓這個平日裡一向冷靜睿智、足夠有膽色的人突然就那麼蔫了幾度。

龍奇今天是跟著那三個人過來的，他原本只是例行公事的去工地那邊走一趟，起個督促作用，證明他這個工程項目負責人不是擺設。

走了趟工地之後，他準備開車去另一個地方和葉昊他們會合，順便彙報一下今天視察工地的結果，沒想到在十字路口等綠燈的時候會看到一個眼熟的人。龍奇昨天才在葉昊給的那份文件資料裡見過這個人，只是葉昊讓豹子去負責那邊的調查了，龍奇沒接手，也沒去主動接觸。

這人只是文件裡出現的人中不太顯眼的一個，雖然只是匆匆一瞥，但龍奇確認就是那個人，他在這方面的觀察力就連衛稜都不得不認可的。也正是這份觀察力，讓龍奇在見到鄭歎的時候一眼就認出來，而不會看成是社區其他居民養的貓。

龍奇慶幸今天開的是一個下屬的車，他的車送去維修了，臨時借用了這輛很大眾的車代步，並不顯眼，便於追蹤。在此之前，龍奇暗喜今天運氣不錯，豹子那邊的調查一直不太順利，如果今天他能查到些什麼，絕對能夠推動調查進度。而現在……

龍奇突然想吐血。

——天殺的，這隻貓不是住在楚華大學那邊嗎？為什麼會跑這麼遠！

——一隻貓閒晃能溜達到這麼遠嗎？

其他貓怎樣龍奇不知道，他就知道此刻見到的這隻貓總能夠在一些讓人意想不到的地方出現，別管離牠家是遠是近。

一人一貓就這樣對著瞪了半分鐘，最後還是龍奇先挪開視線，他不知道現在是該繼續自己的調查，還是該轉身離開。

若繼續調查的話，有這隻貓在，變數太大，調查不得反而被人發現就不好了。但要他現在轉身就離開，龍奇心裡是相當的不樂意，他方才跟在那三個人身後，雖然沒上樓，但也知道那三個人應該就在停車位上面的那層樓活動，而且他沒有聽到叩門聲，也沒有聽到主人家開門說話的聲音。龍奇可不認為這三人住在這裡，所以最大的可能就是這三人撬門了。

沒有爭吵，沒有打鬥，很可能是因為屋子裡沒人，而從外面看，這個時候，住戶中沒開燈的只有一家。那三人下樓時，龍奇迅速躲進車裡，在那三個人離開之後，龍奇打算去那戶看看，可偏偏他最討厭的那隻貓就蹲在那戶居民的陽臺旁邊……

能保證在他行動的時候，這隻貓安安分分待在原處不去打擾嗎？能保證這隻貓不發出什麼鬼哭狼嚎的聲音吸引更多人的注意力而暴露他嗎？能保證這隻貓不會從陽臺鑽進去屋裡製造各種麻煩嗎？

不能！龍奇半點保證都沒有。

——真他媽操蛋！

貓是世界上最讓人討厭的動物。龍奇認為。

龍奇在心裡罵鄭歎礙事，鄭歎心裡也在猶豫。

在此之前，鄭歎還沒決定將手上這個燙手的山芋扔給誰，甚至還想將這個東西先藏起來，等以後再它拿出，但現在見到龍奇……不得不說，還真像陳哲說的那樣，天意、機緣，不能做決定的時候就讓它們來幫你做決定。

之所以猶豫，是因為鄭歎不知道龍奇可不可靠，會不會將他滅口。如果眼前的人是方邵康或衛稜，鄭歎肯定不會猶豫這麼久，可現在是龍奇，這個對貓本來就有莫名其妙偏見的傢伙。

在鄭歎猶豫的時候，龍奇已經做了決定——他準備先離開，在周圍走一圈，或者待在車裡小睡一覺，今晚在這裡蹲點觀察，等這隻黑貓離開之後就放手行動。

於是，龍奇又看了一眼鄭歎之後，轉身離開。可沒等他走兩步，一道黑影咻的就衝了過來，攔在他眼前。

鄭歎一見龍奇轉身，以為龍奇要離開了，趕忙跳下去將龍奇攔住。他還沒下決心呢，但也不能讓龍奇就這麼走了，龍奇一走，他不知道什麼時候才能將手上這個燙手山芋扔出去，這東西在手上多待一秒，鄭歎就多一秒危機感。晚上還要回家呢，這東西給不出去他心裡不踏實。

龍奇皺了皺眉，挪腳，左偏四十五度繼續前行。

下一刻，鄭歎又攔在他眼前。

龍奇改往右行。

鄭歎攔住。

龍奇轉身往後。

鄭歎繼續攔住。

往復幾次之後，龍奇火了，他覺得這隻貓一定是無聊得蛋疼，想找人玩，自己倒楣剛好撞到牠眼前而已。更操蛋的是，他還不能將這隻貓怎麼樣，誰讓唐七爺和葉昊都發過話呢，真要在暗地裡動了，別說唐七爺和葉昊，就是衛稜和方三爺那邊都會一查到底，他是絕對糊弄不過去的。

龍奇瞭解人心的複雜，所以他不想也不敢對這隻貓動手，一旦動了，帶來的連鎖效應他自己也掌控不住。

如果是兩年以前，別人告訴龍奇他會被一隻貓逼成這樣，打死龍奇也不相信。

於是，龍奇抬手，指著擋在他眼前的黑貓，「我告訴你，別欺人太甚！」明顯的色厲內荏。

衛稜告訴過他們，對這隻貓，要說人話，凡是疑似動物的叫聲，這隻貓是不會理你的。於是龍奇說了，他等著眼前這隻貓的反應。

鄭歎的反應是，眼神更鄙視了。

「別以為我看不出來你這眼神！」龍奇又想吐血。

對峙一分鐘後，龍奇走進車內，拿起手機，打了通電話。

「稜哥，我這邊遇到點狀況。」

龍奇將剛才的事情簡單說了下，也沒提正在查的到底是什麼，衛稜也不去問。

鄭歎見龍奇直接進車裡，沒追上去，他跟龍奇沒那麼熟，也不會跳進車。再說，龍奇將車窗關得嚴嚴實實的，打開車門的時候還生怕自己跟進去一般，鄭歎不會上趕著去撩人嫌棄，如果龍奇直接開車離開，他就當葉昊沒這個機緣。

不過，鄭歎瞧著龍奇在車裡打電話，並沒有要離開的樣子，而且很快就下車往自己這邊走過來。鄭歎就疑惑了，再次看了看龍奇手裡拿著的手機——確實是手機，不是鋼管。

由於場合問題，龍奇沒開揚聲器，所以將手機放在路邊的空地，自己則退後幾步。

鄭歎看了看龍奇的手機，還在通話中，便走過去。

「黑碳？黑碳你在嗎？」手機傳來熟悉的聲音。

——咦？原來龍奇是打電話給衛稜！

——告狀嗎？

鄭歎抬頭再次鄙視地看了龍奇一眼：告狀精！

龍奇被鄭歎這一眼氣得胃疼。他知道很多時候貓的眼神能夠直接反應出牠們的心理活動，就像眼前這番情況……貓，果然是邪惡的生物！

鄭歎沒管龍奇到底在想什麼，繼續聽電話。他現在覺得這樣也好，有衛稜在，多一分保障，至少龍奇不會獨吞並將自己滅口。

甩動的尾巴打在手機上，發出啪的一聲輕響，這便是對衛稜問題的回答。

電話裡衛稜笑了笑，「趕緊回家吧，這麼晚別在外面亂逛，而且你跑得也太遠了……」

聽衛稜吧啦吧啦吧啦的勸說，鄭歎又開始不耐煩了，直接轉身跳上停車位上方的空臺。

龍奇見到鄭歎離開，心裡一喜，以為衛稜的勸說管用了，便走過去拿起手機感謝衛稜。掛斷電話抬起頭時，龍奇看到站在空臺邊沿的黑貓，黑貓的腳邊是一條鏈子，具體是什麼鏈子，天黑加上路燈的光線也不太好，照不到那個角度，所以他看得並不清楚。

鄭歎將爪子旁邊的東西往下扔，龍奇趕忙走過去接住，然後迅速看看周圍，確定沒人注意這邊後，看了看手上的東西。

鄭歎將東西扔下去的時候就一直注意著龍奇的反應，看到龍奇的反應，鄭歎現在確定葉昊並沒有查到這個東西。不過，查沒查到鄭歎不關心，什麼時候查到鄭歎也不關心，燙手的山芋終於扔出去，鄭歎心裡壓著的大石頭也沒了。

鄭歎做了個深呼吸，身心舒暢，果然還是扔出去的好。

東西給出，鄭歎也不想再繼續留在這裡了，跳下空臺，也不看龍奇，跑出社區往楚華大學那邊過去，該回家了。

接下來葉昊他們會怎麼辦，鄭歎不會管，這個東西如果真的像陳哲所說的那麼有價值，以葉昊的能力，應該能夠應付這東西帶來的衝擊吧？當然，如果葉昊發掘不了這個東西的價值，那只能說，這就是命。

鄭歎是心裡舒暢了，龍奇則滿是疑惑。去查看了那戶可疑目標卻發現人去樓空之後，他接到葉昊那邊的電話，便開車離開社區。

◆◇◆◇◆◇◆◇◆

葉昊的別墅中，豹子將這兩天查到的消息向葉昊彙報。

調查到現在，查到的東西很多，但最關鍵的地方卻沒有多大的進展，豹子看上去也是幾天都沒睡好的樣子，顯然這段時間一直在忙碌。

自賴二奇異死亡之後，他手下的幾名大員就開始分權奪利了，他們對賴二要找的東西也知道一些，但是這個東西到底做什麼用的，他們並不清楚，賴二從來沒告訴過他們。不過這並沒有打擊他們的積極性，他們的想法都是一樣——先找到再說，絕不能被其他幾人搶先！

「如果能夠找到這個東西的話，順著往下挖掘就能知道謎底了。能被賴二看重的東西，甚至列為絕密，肯定價值不菲，不管是資訊上的，還是物質上的。」豹子說道。

「東西不是那麼簡單就能找到的。」葉昊其實已經有放棄的打算了，自從知道賴二離奇死亡之後，對於傳言中所謂的那份「資料」也失去了興趣。沒有了賴二，一切都好辦。

拿下幾個工廠之後，最近手頭有點緊，人手也有點不足，葉昊不想將人力和財力耗費在這個充滿著不確定性的事件上。之前傳言是關於賴二的黑資料，但現在看來，並非如此。想想也是，賴二那樣的人，當年在對陳臘動手的時候，如果沒有將他自己的黑資料拿回去，怎麼可能動手動得那麼俐落？

豹子張了張嘴，最後還是沒出聲。在他看來，到現在都沒個確切的結論，主要還是自己沒用，效率不高，浪費了時間和人力。

正說著，叩門聲響起，得到葉昊的允許之後，一個人快步走了進來。這人是唐七爺身邊的，奉七爺的命令將一份文件帶過來。

能讓身邊絕對信任的人加急送過來的，葉昊也不敢小視。打開文件，裡面有一張照片，照片上是一個金色的像懷錶一樣的東西。

「這就是那個東西？」葉昊道。不愧是唐七爺，自己還在猜測到底是什麼的時候，七爺已經查到這個具體的目標物了。

「是的。七爺叫它『黃金羅盤』。」那人回答道。

「黃金？」葉昊眼一瞇，再次看了看手上的照片。

這個名字從唐七爺嘴裡說出來，甭管是不是唐七爺自己取的，只要唐七爺認可這個名字，就很好的證明了它的價值。這讓準備放棄參與爭奪的葉昊改變主意了，但同時，他既然決定摻合一腳，就要做好付出一部分代價的準備。這個時候割肉，肯定夠疼的。

他們說話的時候，龍奇也回來了。

「怎麼樣？不是說有所發現嗎？」豹子看向龍奇。他這邊沒進展，所以特別希望龍奇那邊有所發現。

龍奇搖搖頭，簡單說了下自己跟蹤的那三個人，以及去那戶已經空了的房子所看到的情況。

葉昊聽完嘆了口氣，對龍奇道：「你工地那邊的工作先放一放，跟豹子一起去處理他手上的事情。」

「好的，昊哥。對了，我今天遇到那隻貓了。」龍奇臉上的表情很是糾結。

「哪隻？」葉昊問。

「……那隻黑的。」

「哦。」

葉昊和豹子都明白了，難怪龍奇回來的時候臉色那麼差，還以為是因為沒查到結果的原因，現在看來主要因素就在貓了。

「怕牠妨礙我的行動，所以我打了電話給稜哥，稜哥讓牠離開的。不過，牠離開之前給了我這個。」說著，龍奇將金色的懷錶似的東西從口袋裡掏出來，放到眼前的桌子上。

從龍奇掏出那東西的時候，奉七爺的命令帶文件過來的那個人就發出了很明顯的抽氣聲，而葉昊和豹子則死死盯著龍奇手上的東西，視線隨著龍奇的動作而移動。

「黃……黃金羅盤？」葉昊有些不敢相信，看了好幾眼，拿過文件翻開那張照片看了看，確實和照片上的一模一樣！

豹子則有種想撞牆的衝動：靠！老子查了幾天幾夜，覺都沒睡好一個，剛才還在做打一場硬仗的心理準備，結果……還他媽不如一隻貓！

第三章

黑碳的相親對「貓」

回到楚華大學的鄭歎並不知道葉昊那邊會有怎樣的反應，他現在正被此起彼伏的貓叫聲吵得心煩。

鄭歎今天從西側門那邊進來的，經過的地方離西社區比較近，而西社區現在的寵物貓大軍是越來越壯大了，再加上這邊離外面那些老社區比較近，總有外面的貓過來這邊走動。

很多人就是因為鬧貓才不養貓的。

所謂的鬧貓，就是貓發情，還會像現在分布在周圍的這些貓這樣，玩命似的叫著，像是比誰叫得淒慘似的，聽著相當擾人。

春天要來了，連貓都不安分了啊！

鄭歎在心理上是人，但說實在的，他不可能在面對這些貓叫聲的時候做到完全的心如止水，那是扯淡！就好像你吃了幾年純素的清湯麵，突然發現旁邊的人在吃肉絲麵，心裡能平衡嗎？！

春天啊，真是一個蕩漾的季節。

鄭歎搖搖腦袋，打死他也不會去對一隻貓蕩漾。但是，在自己一個過著清心寡慾的和尚生活的時候，也不能讓周圍那幫正蕩漾著的王八蛋們過得爽快！

——老子清心寡慾的時候，你們也陪著清心寡慾吧！老子吃清湯麵，你們也得陪著吃清湯麵！至少在老子眼前要這樣！

於是楚華大學一角，在這片草叢樹林地帶，夜間幾乎被周圍的貓「占領」的地方，正響著一聲聲刺耳貓叫的時候，一聲極其突兀的、詭異的、更刺耳的嚎叫聲，直接將周圍一切聲音壓制，並且這嚎叫聲一聲比一聲詭異，有些像狼嚎，卻又不同於狼嚎，狗聽著都得撤，也更嚇人了。

此起彼伏的貓叫聲在第一聲嚎叫響起的時候就戛然而止，而且還有一些貓在聽到這叫聲之後直接撒腿跑了，尤其是西社區那幾隻被鄭歎揍過的，跑得尤其快。牠們知道，在這一片區域能夠發出這種詭異叫聲的，只有東社區的那隻黑霸王。就算不知情的貓，也會被這嚎叫聲嚇跑的。

鄭歎嚎完之後，動了動耳朵，沒聽到那些刺耳的動靜，然後滿意了、平衡了，尾巴一甩，回家，洗個澡然後鑽小柚子被窩睡覺去。

◆◇◆◇◆◇◆◇◆

不知道是不是鄭歎那幾聲嚎叫的刺激，最近周圍的那種貓叫聲少了很多。只不過，東社區裡叫得最歡的那個依然沒變。

鄭歎趴在陽臺上，聽著社區院牆周圍響著的那撕心裂肺一般的叫聲，抖了抖耳朵。

警長那個白痴在社區周圍叫有個屁用啊！這周圍除了爺們就是太監，唯一的一隻母貓還未成年，那家主人將自家貓護得好好的；要勾搭母貓的話，就去瓦房那一帶，也就是焦威他們賽車的地方，那裡貓多，母貓也多。

說起賽車，前幾天鄭歎被童慶帶到程仲那裡，試了試改過的車。程仲之前沒看過貓開車，只是根據方三爺的建議將方向盤下移，他當時不太明白，等見過鄭歎開車之後，他就清楚了。

方向盤下移之後，這樣就算鄭歎自己開著車在外面跑，別人也不會以為是一隻貓在駕駛，因為若不仔細過去瞧的話，並不會看到是鄭歎在操控方向盤，只會認為是附近有誰在用搖桿控制。這年頭已經有一些這種比例的兒童車玩具，或許再過個一、兩年，這一帶就有更多玩具車了，到時候鄭歎或許能夠直接開著貓車在外面兜風。

因為簽過保密協議，這整件事程仲都不會對外說，但當時程仲看到鄭歎駕駛貓車的表情，確實相當之震驚，也難怪方三爺之前還要求簽署保密協議以及附加協議。

現在程仲在進行二次修改和調整，見過鄭歎開車之後，他心裡也有數了，只是車改好還需要一段時間。

不過鄭歎不急，他等得起，現在貓車就算改好了，他也不可能光明正大開著貓車在外面閒晃。打了個哈欠，鄭歎將貓車的事情扔到一邊，又思索著，葉昊那邊的事情不知道怎麼樣了，如果龍奇將那個東西拿出來，他們會有什麼樣的反應？

「嚏——」

鄭歎抬爪子揉了揉鼻子，這是今天第十個噴嚏了，難道感冒了？也不是，鄭歎沒感覺身體哪裡不對勁，精神狀態也不錯，體溫一切正常。就是覺得有種不太好的預感，這點讓鄭歎不高興。

晚飯過後，焦媽和焦爸在客廳聊天。焦爸這幾天一直很忙，難得今天晚上有時間，沒出去，就坐在客廳沙發上，笑著聽焦媽講這段時間遇到的一些事情。

「就我們英語組的一個老師，她家養了一隻貓，我雖然沒看過，但是聽其他老師說過，聽說可漂亮了！」焦媽說道。

趴在沙發一頭的鄭歎扯扯耳朵，再漂亮那也不過是隻貓而已，既不豐乳肥臀，又不柔媚嬌麗，差評。

「她說明天過來看看黑碳呢，說要幫她家奶糖找個小男朋友。說起來，奶糖已經一歲多了呢，可以生小貓崽了。」說著，焦媽就呵呵地笑起來。

鄭歎驚恐地看向笑得一臉燦爛的焦媽。

——小、男、朋、友？！

——這不是真的，這一定不是真的！

——果然不好的預感成真了。

——焦媽，您不能這樣！您貓兒子我可是貓身人心啊！

焦媽看了看鄭歎，對焦爸道：「嘿嘿，瞧，黑碳看著挺期待的呢。」

鄭歎：「……」我期待個屁啊！

鄭歎想以頭搶地，但是搶幾次地也無法改變焦媽的決定，看焦媽興致勃勃跟焦爸討論那隻名叫奶糖的母貓，鄭歎琢磨著，明天是不是要蹺家一次？蹺兩天保險一點。

——嘖，小郭店裡那麼多資源，那裡還有名貓呢，都是要外形有外形，要氣質有氣質，吃的都是店裡的好貓糧，一隻隻膘肥體壯，健康得很，蹲那兒就一貴族樣，除了智商不高、打架弱了一點，其他一切都能甩土貓好幾條街。奶糖牠貓媽要找公貓也得找小郭店裡的那些啊！

——再說，花生糖不是和李元霸都住在寵物中心嘛，可以把花生糖推出去。

——嗯，奶糖跟花生糖生一堆花生奶多好！

鄭歎是有蹺家避開這場「禍事」的打算，但焦媽叮囑鄭歎好幾次，睡覺前還捏著鄭歎的耳朵，讓鄭歎明天別跑了，就算出去閒晃也要按時回家。

抖抖耳朵，鄭歎很煩惱。確實，逃避不是個好主意，逃掉這次還有下一次，還要面對焦媽的嘮叨。怎麼辦呢？

想半天也想不出什麼頭緒來，鄭歎決定不再糾結了，到時候只要不理睬那隻貓就行。難不成那隻母貓還想來個霸王硬上弓不成？不是每隻貓都是李元霸。再說，就算是李元霸，鄭歎的力氣也比牠要大得多。

第二天，鄭歎趴在自家陽臺上萎靡了一整天，為自己不順利的貓生默哀。而這一切在焦媽看來，就是「迫不及待」的表現。

——迫不及待個屁啊我！

「咚！」

鄭歎今天不知道第幾次用頭撞旁邊的花盆。

晚上吃完晚飯，焦媽一直盯著鄭歎，生怕鄭歎跑掉的樣子，而焦爸今天晚上也沒出去，拿著報紙在旁邊看。

鄭歎趴在沙發上繼續萎靡，偶爾動兩下尾巴尖，他花了一整天的時間思考幾個應對方案，正琢磨著待會兒用哪個方案比較合適的時候，焦媽的手機響起。

焦媽趕緊拿起手機，說了兩句之後，臉上帶著笑意往外走，下樓接人。那位老師是第一次過來，焦媽跟她說過讓她進社區之後就打個電話。

沒多大會兒，鄭歎就聽到上樓的聲音，以及焦媽和別人的談笑聲。

來人四十出頭，和焦媽是同事，也是同一個組的老師，和焦媽關係還不錯，雖然沒住在楚華大學，但離這裡也不算遠。

那老師進門的時候手裡提著一個寵物包，鄭歎能夠感受到裡面屬於陌生的貓的氣息。不過，侵略感不強，也沒有表現出惡意，只是有對陌生環境的小心翼翼。

鄭歎好奇地盯著那個寵物包看，而原本在房間裡寫作業的兩個孩子也都探出頭來，看看這位新來的訪客貓姑娘。

那位老師將寵物包打開，從鄭歎的角度恰好能夠看到躲在裡面的那隻貓。

是的，那隻貓確實是「躲」在裡面，不安多過好奇，並不邁出寵物包一步。

那是一隻銀色漸層的折耳貓，看上去健康狀態不錯，主人家應該餵養得很用心。

折耳貓似乎天生就比其他貓要惹人憐愛一些，論外形，牠能秒殺鄭歎這個土鱉N條街。

不是阿黃那種假正經，也不是警長那種對啥都想去湊熱鬧的類型，更不如李元霸那類霸氣四射，眼前這隻折耳貓「奶糖」的性子更安靜些，那種似乎與世無爭的安靜。

焦遠對折耳貓很好奇，想湊近點看看，奶糖感覺到之後往包裡又縮了縮。焦媽瞪了瞪往這邊走的焦遠，焦遠撇撇嘴，退回房間，站在房門口繼續看。

那位老師將奶糖抱出來，放在懷裡進行安撫，將牠對這個陌生環境的焦躁不安情緒驅散一些。奶糖也漸漸平靜下來，雖然平靜了，但奶糖仍然帶著警惕看著周圍。

焦媽是第一次看到奶糖，之前她只聽過關於奶糖的事，剛才一見到奶糖，焦媽就非常喜歡，折耳貓對於女性的吸引力確實很大。

「莫老師，你們家奶糖可真漂亮！」焦媽嘆道。

那位莫老師只是笑了笑，不過鄭歎瞧著，這位老師的笑意有些不太自然，但對於奶糖，這位莫老師可是真正寵著的，看她瞧著奶糖的眼神就知道了。

「黑碳吶，快過來認識認識新朋友。」坐在莫老師旁邊的焦媽朝鄭歎招手。

鄭歎動了動耳朵，繼續趴在沙發上，假裝沒聽懂。

焦爸瞧了鄭歎一眼，搖搖頭，微不可查地嘆氣。裝，繼續裝！

莫老師倒是沒說什麼，一般像焦媽這樣的也就說說而已，貓哪能聽懂這些話啊。

莫老師是不知道，但鄭歎聽不聽得懂焦媽自然知道，她現在也不能當著莫老師的面訓斥鄭歎，只能瞪鄭歎兩眼，那眼神就像是在說：真不爭氣！

鄭歎不管那麼多，他就是打定主意裝傻。不過，鄭歎倒是好奇地看了奶糖幾眼，折耳貓的耳朵看著可真小。

莫老師將奶糖放在地上，奶糖蹭著莫老師的腿，邁出步子，在周圍嗅了嗅，又退回，跳到莫老師懷裡趴著。

「哎呀，你們家奶糖太矜持了。」焦媽笑道。

確實，不是誰都和鄭歎他們東區四賤客一樣厚臉皮肥膽子。

焦遠和小柚子被焦爸打發回去寫作業，客廳裡，三個大人繼續聊著。焦爸早看出了莫老師有話要說，但有小孩子在，她可不好說太多，被焦爸引導話題之後，也就開始訴苦了。

莫老師喜歡養貓，以前都是養土貓。不過，她養的那幾隻貓都喜歡往外跑，貓養幾年就不見了，可能是被貓販子套走，也可能是其他的什麼原因。去年她一個朋友送了隻折耳貓給她，也就是現在的奶糖，莫老師喜歡得緊，這隻貓也不怎麼往外跑，倒是省去很多事情。

周圍一些鄰居和親戚朋友們看著也羨慕，就跟莫老師說等奶糖生貓崽了，他們訂一隻。

莫老師雖然喜歡貓，但對於貓瞭解得其實並不多，折耳貓方面，她只知道折耳貓與折耳貓生出來的缺陷貓機率很大，所以她就想找一隻足夠健康的非折耳公貓來，這樣生出來的貓應該沒事吧？比如，土貓？

但莫老師的打算遭到一些朋友們的強烈反對。的確，還真沒幾個人拿折耳貓跟土貓來配的，英短和美短的倒是比較多，畢竟外觀上看著強些，商業價值上甩土貓N條街。

聽到這裡，焦媽眼神就不對了。是，折耳貓看著比自家黑碳要吸引人得多，但不管別家貓怎樣，在焦媽眼裡，自家貓就是最好的，誰說都不行！自家貓多好啊，聽話懂事讓人省心還幫忙帶孩子，這樣的貓上哪裡找去？合著你們還嫌棄？！

準備出聲駁斥的焦媽被焦爸一個眼神止住了，示意她繼續聽莫老師說。

鄭歎也支著耳朵聽，對於折耳貓他還真不瞭解，只知道這種貓耳朵是折著的，而且貴，在很多人眼裡這也是名貓了。

莫老師對焦媽剛才的反應都看在眼裡，繼續說著。她對外觀這方面倒是沒那麼大要求，只要後代夠健康就行了。讓她改變主意的是今天中午帶貓過去寵物中心那邊所經歷的事情。

「我養奶糖的時候，很多人羨慕，也下手買了折耳貓，我姐就是。不過她養了兩個月就不養了，我就接過來跟奶糖一起養，那也是一隻母貓，不過比奶糖小三個月。只是，我姐的那隻折耳貓沒有奶糖幸運，那隻貓的尾巴是僵直的，不能像正常貓那樣彎曲，我今天中午就帶著牠去小郭那邊看了下，得到的檢查結果不太好……」

寵物中心裡一位和莫老師比較熟的獸醫告訴她，很多折耳貓都伴隨著疾病，有的尾巴短或者不靈活，有的腿上還有大骨贅，以及其他伴隨著的骨骼遺傳病，關節也比一般的貓要脆弱很多，即使沒有關節病，牠們的關節軟骨磨損的程度也要大於其他的貓咪，容易出現關節疼痛、跛行等毛病。

「奶糖算是比較幸運的了，至少現在沒發現什麼毛病，但我不確定牠能夠幸運多久。以前我不知道也不瞭解那些，但現在既然知道了，既然養了牠們，我就得負責，需要花費更多的精力去照顧，定期帶牠們去做檢查，在沒弄明白之前，暫時不想讓牠生貓崽了。」

「寵物中心那位醫生告訴我，這個品種非常特殊，就算繁殖也需要繁育人具有專業知識和一定的經驗，而在國內正規繁育的人少之又少，像奶糖這種幸運的貓不多，他建議我不要私自繁育這種貓。他還說，我姐那隻貓，牠每走一步，都要承受骨骼畸形帶來的痛苦。」

「我們都是養貓的人，也都知道貓雖然有表情，卻不是誰都能讀懂的。牠們的疼痛忍受能力非常強，一般的疼痛是不會叫的，也習慣於掩飾傷病，這是保護自己的本性。所以我很難知道牠們的感受。我就想啊，要是我在什麼都不知情的情況下讓奶糖生了貓崽，讓貓崽裡面有了嚴重骨骼病的小貓，一想我心裡就難受得緊。」

焦媽這次真的沉默了。她的養貓經歷不多，這些年就鄭歎這麼隻另類的不需要多費心的貓。子非貓，安知貓之苦？

即便是鄭歎，也無法瞭解那些貓的感受，畢竟鄭歎自己相比於其他貓還是不同的。

「我現在來這裡呢，就是讓顧老師妳別多想。」莫老師解釋道。

焦媽趕緊擺手，表示自己能理解，也順帶問了另一隻貓的情況。

莫老師在這裡跟焦媽談了一會兒，便帶著奶糖離開，家裡還有一隻貓呢，剛接過來養，莫老師不放心，想儘早回去看看。

鄭歎的第一次被迫「相親」，還沒等他自己實施搗亂計畫，就這麼不了了之了。不過，莫老師讓焦媽有空帶鄭歎過去玩玩，她家的兩隻貓都不喜歡外出，而鄭歎這隻「前科」太多，整個英語小組的老師都知道鄭歎能跑學校去閒晃。

晚上，焦爸特意在網上查了一些中外發表的關於折耳貓的文獻雜誌，逛了一下寵物論壇，鄭歎就蹲在書桌上看著。

關於這個品系，各方爭論得確實很厲害。

也許這個問題並不是非黑即白那麼簡單，而折耳貓被妖魔化的原因估計就是那些屁都不懂、只看到商業價值的人瞎繁殖造成的。

為了培育出名貓，犧牲的實在是太多了，鄭歎不知道那些失敗品的結果會怎麼樣，或許會低價賣掉，或許會以其他方式處理。利益驅動是一種顯而易見的理由，鄭歎無法去改變什麼，他此刻突然很慶幸自己現在是一隻非常健康的貓，也希望奶糖一直健康下去。

有了奶糖的這件事情，焦媽雖然遺憾，但並沒有打擊她為鄭歎找「小女朋友」的興致。這讓鄭歎很煩惱，所以現在鄭歎除了回家吃飯睡覺，很少留在家裡。在家裡的時候總能夠聽到焦媽嘮叨這事，鄭歎也沒少被焦媽數落。

晚飯時間鄭歎回家，焦媽正在廚房裡剁排骨，側頭就看到鄭歎從外面跑回來。

「成天在外面溜達，估計早就做爹了！」焦媽手起刀落，只見砧板上的排骨被切成更小的小塊，「估計做爹了都不知道！」

鄭歎聽著廚房裡剁排骨的聲音，不自在地抬爪子撥了撥耳朵，這樣的焦媽好恐怖。

第四章

貓都是一群傻瓜？

這日，天氣晴朗，陽光正好。

氣溫回暖，外出閒晃的感覺好了很多。鄭歎嗅了嗅草地上冒出來的一朵不知名的小花，打了個噴嚏。

那個東西交給龍奇已經一週了，鄭歎不知道葉昊那邊會有什麼樣的反應，不過衛稜這段時間確實一直都沒出現，焦家這邊也沒有誰過來打擾，或許打擾了但鄭歎不知道而已，只是看著焦爸最近沒什麼反常的行為。

鄭歎又去過臘梅叔的那個社區一次，沒有發現什麼異常的情況，那間房子依然是空蕩蕩的，他也就沒再去了。

鄭歎慢悠悠走到一個運動場旁邊。

運動場裡有一些人在踢足球，但他們不會特別去注意運動場旁邊是不是有一隻貓在看著。

這個運動場在楚華大學內算是比較老的運動場了，相比起周圍的建築，運動場地勢低了一些。鄭歎就站在地勢稍高的地方看著。

這裡有一些灌木叢和四季常青的樹木，冬季不會顯得蕭條，春暖花開的時候也不會像其他樹木使勁出芽來凸顯它們的盎然生機。

蹲旁邊看了一會兒，鄭歎直接靠到後面的樹幹上，懶洋洋地挪動腳將遮擋視線的幾株草掃開壓在腿下。

「砰！」

球踢到旁邊的圍欄上反彈回去，一個學生跑過來撿球，抬頭的時候看到靠著樹坐在那裡的黑貓，叫道：「看，這隻貓的坐姿真有趣！像人一樣！」

鄭歎瞥了那人一眼，沒理會，繼續坐在那裡裝深沉。

離得最近的一個學生小跑過來看了看，對剛才大叫的人說道：「你覺得貓這麼坐著很有趣？無知了吧——其實很多人都不知道，貓這麼坐著極有可能是因為這隻貓有病，正因為牠的病才導致兩隻後腿疼痛難忍，而貓又不願意用兩條後腳承擔體重，所以採用了這種坐姿。」

剛才大叫的人一臉恍然大悟，「難怪，這隻貓看著也挺重的，後腿壓力更大。真可憐，養這麼好，可惜是隻病貓。」

鄭歎：「……」放屁！你才有病！老子這麼健康這麼健壯怎麼可能有病？！

那兩個學生已經走遠，繼續踢他們的足球去了，就算在這裡也不會聽到鄭歎心裡的咆哮。

鄭歎氣悶地拿腿踩了踩旁邊幾株無辜的小花，他以前也這樣坐，在夜樓的時候更囂張，怎麼沒聽到其他人說？

不過，鄭歎是第一次聽到這種說法，他並不確定其他貓這樣坐著的時候是不是像那學生說的原因，可能是，也可能不是。

折耳貓的事情讓鄭歎明白，世界上有很多貓其實從出生起就沒有一副好身體。

鄭歎慶幸的同時也覺得，自己這樣的土貓挺好的。雖然廉價，但土貓有土貓的好處，平均而言，土貓天生擁有比一般品系貓種更強的體質，野外求生能力也不弱。

自我安慰一番後，鄭歎起身抖了抖身上的草屑，看看天色，掃了一眼周圍，從離得最近的側門往外走。

鄭歎平時不怎麼往這個側門走，今天反正無聊，出去遛遛。

出側門之後，鄭歎沿著周邊走了段路，遇到有周邊圍牆的地方就跳上去，繼續往前走。

下午三、四點的時候，一些學生會在這裡擺地攤賺點零用錢，賣一些小東西，大多數都是女孩子們喜歡的小玩意兒和衣服等，這種生意成本不高，賣得也還行。這個時候就已經有一些人過來搶地方了，在地上墊層布占著位置，然後再將貨物一一擺上。

快五點的時候，這周圍一條空地都占滿了擺攤的學生，鄭歎就蹲在那裡看著這些學生忙碌。正看著，突然聽到前面不遠處幾個女孩子的叫好聲。

這片區域圍牆內種著竹子，幾片竹葉擋住了鄭歎的視線。

鄭歎頂開擋在眼前的竹葉，往前面走了幾步，循著聲音看過去。

一個二十多歲留著類似莫西干髮型的年輕人站在那裡，頭髮還染成黃色，穿著有些非主流，看著有些像小混混的樣子。

那個年輕人手裡拿著撲克牌，正在玩撲克牌把戲，視線有意無意掃過圍在他眼前幾個女學生的高挺處。

鄭歎扯了扯耳朵，鄙視之。除了鄙視這個人的人品之外，鄭歎還鄙視他的技術。自打見識過臘梅叔的手段之後，再看這些街頭小把戲，突然覺得有些提不起太多興趣了。

不過，街頭把戲也是很有技術性的，就算現在傳承的戲法出現得少了，但也不得不承認這其中確實有能人，甚至比有些所謂的ＸＸ大師要有能耐得多。

鄭歎蹲在圍牆上看那人玩牌，雖然剛才鄙視這人，但看了一會兒也不得不說這小子有點料。

或許是察覺到異於周圍人群的視線，那個年輕人在玩了一個遊戲之後，扭頭看向身後的圍牆那邊。

這人的感知還挺敏銳的。鄭歎心裡評價道。

不過，在看到那個年輕人的臉之後，鄭歎疑惑了。

——為什麼看著有點眼熟？

但是鄭歎很確定自己沒見過這個人，今天絕對是第一次看見。

——奇了怪了！

——這誰啊？！

鄭歎一時也想不起來為什麼會有這種熟悉感。

相比起鄭歎的疑惑，那個年輕人在看到鄭歎的時候似乎被嚇了一跳，手上一個動作沒玩好，牌飛了幾張，為此還被站在旁邊的幾個漂亮女學生笑話了。

鄭歎看了一會兒之後就離開，小柚子快放學了，他得過去等著。

年輕人第三次回頭時，發現那隻黑貓終於走了，趕緊擺出笑臉對周圍的幾個女學生說笑。

十來分鐘後，一輛車減速靠向這邊，車窗打開，司機吹了個口哨。

「抱歉，我先離開了，寶貝們再見～」玩牌的年輕人手一攏將牌瞬間收拾整齊塞進口袋，往車那邊走過去。臨走前他還送了個飛吻，惹得那幾個女學生捂著嘴直笑。

那年輕人拉開車門鑽進後座，伸開雙臂搭在後座靠背上，蹺著腿。

「遲到了啊，衛師兄。」那年輕人說道。

駕駛座上的人正是鄭歎這段時間一直沒見到的衛稜。

「這不挺好？還給你機會跟女學生搭訕。」衛稜道。

「別提了，本來準備今天認識幾個妹子順便要個電話號碼發展發展的，沒想到會碰到貓！而且最讓我不爽的是，那隻貓一直在我背後盯著我，害我發揮失常。」

衛稜眉毛抖了下，問：「那貓是黑的吧？」

「太對了！所以說，黑貓就是邪乎！」後座的人一拍大腿，感嘆大家所見略同。回想了下見到的那隻黑貓，他壓根沒注意衛稜剛才的語氣。

「嘿……終於捨得回來了？我還以為你會一直做你的叛逆浪子，執著的在那條路上永不回頭了呢。」衛稜說道。

「糾正一下，那叫遊戲人生。而且，執著不代表執迷不悟！」後座的人回答得理直氣壯。

「喲呵，這麼說你還『悟』了？就你現在這模樣？」衛稜好笑。

「模樣怎麼了？我覺得我現在的模樣挺好的。」後座的人抖了抖自己的非主流外套，摸了下自己的新髮型。

「是好，好得都能氣得你爸那尊好不容易休眠的火山再次噴發。」

「那你覺得我現在是啥模樣？無賴？莽夫？痞子？嘖嘖，你不懂！」後座的人擺了擺手指，義正辭嚴道：「聽說過『痞子哲學』這個詞嗎？如果沒有痞子哲學，我們國家歷史人情一定不會那麼豐富多彩。你想想古代的某幾位開國皇帝就知道了，還有，足球賽上不也有假摔嗎？就算是戰略假摔那也是假摔，誰不耍點無賴客串一下小痞子？」

「嘖，幾年不見，都客串哲學家了啊！」衛稜笑著搖頭。

後座上的人不置可否，從車窗看了看周圍的建築物，興致勃勃地道：「我們去你說的那個夜樓玩嗎？」

「不，先去核桃師兄那裡。」

「不要吧！我會被核桃師兄揍死的——」後座上的人捂臉怪叫。

「沒事，我替你收屍。」

◆◇◆◇◆◇◆◇◆

次日，鄭歎沒出校門玩，東區四賤客正蹲在一棵粗壯的梧桐樹上，看著不遠處大草坪那邊的一群人在放風箏。

校園主幹道上，衛稜開著車緩緩前行。

「我們不是直接去夜樓嗎？來這地方幹嘛？」後座的人一邊嚼著口香糖一邊抱怨道，活動了一下手臂，他昨天被核桃師兄揍得慘了點，還好沒揍臉。

衛稜沒回答，只是開著車緩緩前行，同時注意著周圍，尤其是那些比較老、比較粗的樹上。當看到蹲樹上的四隻貓後，衛稜嘿的一笑，將車往那邊開過去，「找到了。」

後座的人搖下車窗，順著衛稜指的地方看過去，那邊有放風箏的人，他以為衛稜說的是其中的誰，但敏感地察覺到一棵樹上蹲著的四隻貓之後，期待的笑意就散了。

「貓就是一群傻瓜！噗——」

罵完之後，坐在後座的人將嘴裡嚼著的口香糖吐到旁邊的垃圾桶裡，隔了一公尺多的距離也能從垃圾桶側面的開口吐進去，他很是得意。

可是他的得意沒持續多長時間。他抬頭準備再看看樹上那四隻蠢貨貓的時候，卻被見到的情形噎了一下。

蹲樹上的四隻貓正齊齊朝他看過來。

四隻貓這樣的反應就好像在告訴車裡剛說話的人：我們也不叫，我們就這樣看著你。

或許因為有些心理作用，剛才放話「貓都是一群傻瓜」的人感覺到這四隻貓的眼神由三分鄙視、七分疏遠，變成了三分疏遠、七分鄙視。

實際上，他「貓都是一群傻瓜」的後面還有半句沒說完，在吐完口香糖之後他還應該很得意的再接半句「罵牠牠也不知道」來結尾，可惜後半句還沒說出來就被四隻貓的反應噎回去了。

衛稜看著被噎得臉色不怎麼好的人，笑道：「二毛，你說你為什麼看哪隻貓都不順眼呢？牠們可沒惹你。」

二毛，也就是梳著莫西干髮型坐在後座的人。

他沒回答，而是指著樹上的四隻貓，問衛稜：「那四隻貓，是不是在鄙視我？我怎麼感覺牠們正在心裡罵我呢？」

「……你想多了。」衛稜很瞭解這位師弟，這小子有點被害妄想症。但也不能怪他，都是被逼的啊，那不堪回首的往事。

其實，四隻貓同時全看著二毛的這種情形只能說是一個巧合，一個鄭歎也沒料到的巧合。

四隻貓裡，鄭歎肯定聽懂了二毛的話，這個毫無疑問。大胖估計能聽懂裡面的那麼幾個詞，就算聽不懂，可能感覺二毛剛才劈里啪啦說了一大堆就是在說牠們，針對性太強，大胖敏銳地察覺到了，所以也看了過去。至於阿黃，這傢伙只是聽到二毛吐口香糖時發出的一聲「噗」而好奇地看過去；而警長，其他幾隻幹啥牠就幹啥。

於是，便有了現在四隻貓同時看著二毛的情形。

——想多了嗎？

聽到衛稜的話，二毛抓了抓頭，大概確實是自己想多了吧。想著，二毛又往樹上看了眼，正好瞧見鄭歎看過來的更鄙視的眼神，這眼神相比起其他幾隻貓來說太明顯，剛有些懷疑的二毛毫不猶豫就確定絕對不是自己多想。

如果剛才二毛的表情像是吃了一口帶著蚊子腿的米飯，那他現在的表情就像是吃了屎一般。

深呼吸，二毛在心裡對自己說：不要跟一群傻瓜貓鬥氣，自己來這裡可不是再繼續跟這些貓糾纏的。

一秒都不想在這裡多待，二毛催促衛稜：「我說師兄啊，你到底要接誰？趕緊接了離開這裡。」

「好吧。」衛稜朝鄭歎喊道：「黑碳，快過來，出去玩！」

衛稜的車還沒過來的時候，鄭歎就注意到了，只是看後座上有個人，還是昨天見過的在學校圍牆外玩紙牌的那個人，鄭歎就沒多理會，繼續看草地那邊的人放風箏。剛才他正看兩個小孩來了場風箏大戰呢，沒想到會突然聽到一句針對貓的罵言，自己四個惹到他了？顯然沒有！衛稜帶來的這個人是白痴嗎？

聽到衛稜的叫喚之後，鄭歎沒有立刻過去，他看車裡後座上那個小子不順眼。一看就是個不良青年，焦媽說過，要遠離不良青年。

焦媽那句話是對焦遠和小柚子說的，至於鄭歎，說起來，他接觸的不良青年還少嗎？只是這時候鄭歎壓根沒覺得自己有啥錯誤。

衛稜見一喊沒動靜，繼續喊道：「走了，去夜樓玩玩，我都跟你貓爹說過了！」

原本鄭歎確實沒打算出去玩，但轉而一想，去夜樓那邊也好，看看葉昊他們有什麼動靜。想到這裡，鄭歎便從樹上下來，往衛稜那邊走過去。

看著越走越近的黑貓，二毛突然感覺不太妙，他剛才還奇怪衛稜跟誰在說話呢，現在看來，其實是隻貓？

於是，二毛的第一反應就是趕緊將車窗搖起來，生怕貓跳進車裡。

不過，後車窗關著，前面還開著呢！鄭歎就是從衛稜旁邊的那個車窗跳進車裡的。既然後座上有人，鄭歎就直接待在副駕駛座上了。

二毛看鄭歎像看瘟疫一般，但車內畢竟只有這麼點空間，無法遠避，二毛的臉色不太好。

而鄭歎蹲在副駕駛座上，卻一直盯著二毛看。越看越熟悉，到底在哪裡見過呢？鄭歎實在想不起來。

在鄭歎跳進車之後，衛稜就開著車離開楚華大學，往夜樓那邊過去。

衛稜在離楚華大學不遠的地方有房子，在一個這幾年剛建起來的社區，是電梯大樓，不過平時衛稜都不怎麼在家裡住，反正他只有一個人，待在家裡也無聊，所以大多數時候他還是住在公司裡，至少那邊還有一些戰友以及其他同事，無聊的時候打打牌嘮嘮嗑啥的，每週再去夜樓那邊閒晃一下，放鬆放鬆，日子過得還不錯。而且他最近還勾搭上一個小學老師，不過這件事衛稜沒跟別人說。

接到二毛說要來楚華市的電話之後，衛稜這幾天都在家裡收拾，替二毛整理個房間出來。

二毛他爸媽都在楚華市住著，可二毛是絕不會跟他爸媽住的，不然一天一小吵、三天一大鬧，攪得雞犬不寧。想來想去，只有衛稜這個單身漢這邊方便點，就一通電話通知衛稜，他要過去留宿，至於留宿多久，這就得看二毛的心情了。

二毛一路上一直向衛稜抱怨，為什麼去夜樓玩還要帶一隻貓。衛稜只是簡單說了一些鄭歎以前的事情，「這隻貓人氣旺呢，別說葉昊他們，就算是核桃師兄也欠這貓人情。」

二毛一臉難以置信的表情看向蹲在副駕駛座上的黑貓，讓核桃師兄都欠人情，這貓還真有能耐。不過，越是這樣，越凸顯這隻貓的邪乎，要是普通貓也就算了，至於這種比較特別的，反正二毛覺得這樣的貓都要敬而遠之。

「貓挺煩的，就是喜歡折騰人。」二毛感慨。

在衛稜和二毛聊天的時候，鄭歎也觀察著他們，知道這兩人是師兄弟，鄭歎也挺好奇衛稜他們的師父到底是幹嘛的，這師兄弟三人的職業不一樣啊！而且，還不知道除了這三位之外，還有沒有其他同門。

不過，除此之外，鄭歎的主要注意力被衛稜口中的稱呼吸引過去了。

——二毛？

——這名字聽著甚是耳熟啊。

鄭歎使勁回想了一下，終於想起來這名字衛稜和核桃師兄都提過，還有趙樂以及那個叫王斌的也提過。

——王斌？！

鄭歎抬頭盯著二毛瞧，同時回想在方三爺的宴會那時見到的叫王斌的年輕人。

難怪瞧著眼熟，二毛跟王斌長得太像了，單論那張臉的話，簡直就是一模一樣，只是兩人的氣質截然不同。一個成熟穩重，看著就是個精英樣，而眼前這位……說他是個痞子也沒誰會懷疑，所以乍一眼看去，就算王斌站在他旁邊，也很少有人會注意到。

如果這兩人真的是雙胞胎親兄弟的話，這二毛的背景也不簡單啊！但是為什麼二毛看著混得不怎麼樣呢？差別太大了，跟王斌相比，簡直一個天上、一個地下。

鄭歎想到了鍾言。二毛的情況難道和鍾言差不多？或許沒有到繼父後母這種程度，但估計也是個爹不親娘不愛的，真可憐。

而坐在後座上的二毛，雖然一直跟衛稜聊著，也看看車窗外的風景，但眼角的餘光卻一直注意著蹲在副駕駛座上的黑貓，直到他被盯得實在忍不住了，拍了拍駕駛座，「師兄，能讓這隻貓別老盯著我嗎？太詭異了。」

衛稜無奈，「黑碳，你就別總盯著他了。」

鄭歎對二毛也研究完了，垂頭閉眼，開始打盹。從這裡到夜樓估計要半小時，具體時間長短得看路上塞車的情況，這段時間正好給鄭歎打個小盹。

◆◇◆◇◆◇◆◇◆

到達夜樓後，衛稜帶著二毛從側面那扇門進去，直接上樓，來到衛稜經常用的那個包廂。鄭歎跟在他們後面上樓，守在側門那裡的人對這隻黑貓已經見怪不怪了。二毛卻對這些人的反應感到好奇，在見到那隻黑貓之後他們居然啥反應都沒有。

這段時間葉昊那邊忙得很，衛稜也不會去打擾他們，他帶著二毛在包廂裡面，喝點小酒，說說話，晚上聽一下東宮的表演。

葉昊的事情，衛稜不太好跟二毛說，而且現在葉昊正忙著的事情也需要高度保密，這次葉昊還真得感謝鄭歎了。

為什麼那個東西要被唐七爺稱為「黃金羅盤」？

因為它關係到黃金。

賴二手下那邊鬥得腥風血雨，還有其他人藉機整頓摻合，混亂得很，而這邊葉昊幾人卻在悶聲發大財。

鄭歎跳上去霸占著沙發。

見狀，二毛也沒往沙發上坐，拖過椅子對衛稜道：「貓的地位什麼時候這麼高了？這還是隻土貓吧？你朋友還真同意你帶這貓進來？就不怕把這些幾萬塊錢的沙發撓壞了？就算你朋友不把幾萬塊錢放在眼裡，但這也太縱容了。」

衛稜攤攤手，「那也沒辦法，我說了這隻貓比較特殊。其實，有人替這隻貓取了外號，叫『招財貓』。」

二毛頓了頓，然後哈哈大笑，差點從椅子上滾到地上。

「就這樣的？還招財貓呢！一些小鎮村莊裡面，這種貓沒多少錢就能買一隻，能招個屁的財……」原本二毛還準備說更多的，但看到衛稜一臉正經的表情，頓時收斂了笑意，「師兄，你認真的？」

「嗯，我沒說笑。」衛稜點頭道，「所以，我建議你平時沒事的話多跟這隻貓接觸接觸，比如牠閒晃的時候你可以跟著一起去，反正你也無聊。」

鄭歎聞言耳朵往腦後一拉，斜著眼看向二毛：老子閒晃還要人陪？！還是這種白痴？

從第一次見面，鄭歎和二毛就相互給了差評。而這種差評不是衛稜兩句話就能扭轉的。

二毛一邊跟衛稜說著這兩年的生活見聞，眼睛時不時往鄭歎那邊瞟。

而衛稜呢，一邊跟二毛說著話，手上也沒停歇，一直剝著花生，給鄭歎一些，給自己留一些。

——跟奴才似的！

二毛見到衛稜這行為，心裡很是鄙視。但畢竟是師兄弟，相識這麼多年了，二毛對衛稜也瞭解，這貓要不是真有能耐的話，衛稜絕對不可能這樣對待一隻貓的。

招財貓？

也許吧。

沒接觸過，也沒親眼見過，二毛心裡還是持懷疑態度，不是自己親眼所見、親耳所聞的事情，他統統不承認，就算是衛稜說的，他也會在所謂的「事實」上打折扣。

鄭歎趴在沙發上，等花生剝夠了之後才跳到茶几上啃花生。

「想好接下來準備做什麼了嗎？」衛稜問二毛。

「這兩年在外跑，做了點小生意，現在暫時不準備幹啥了，休息享樂一下，然後每天睡覺睡到自然醒。」

二毛說話的時候，眼睛還往鄭歎那邊瞟，見鄭歎正專心啃花生，便從椅子上彈起來，以迅雷不及掩耳之勢，出手！

「啪！」

「降妖鎮魔！」

一擊得手，二毛迅速撤離，退到五公尺開外。

衛稜、鄭歎：「……」

鄭歎是真沒想到二毛會出手做啥，雖然相互之間評價不怎麼好，但或許是因為衛稜的原因，鄭歎並沒有從二毛身上感覺到什麼惡意。正因為這樣，鄭歎的警惕性也降低很多，壓根沒防著，結果就中招了。

二毛沒打沒揍，他這快速的出手，其目的就只是在鄭歎腦門上貼了張「紙」。

鄭歎不知道自己腦門上貼的這張紙上畫的是什麼玩意兒，不過看這情形他也能夠猜出來，這就是傳說中召神劾鬼、降妖鎮魔、治病除災的符！

——降妖鎮魔？

——降尼瑪的妖、鎮你大爺的魔啊臥槽！

——天殺的！

鄭歎甩甩頭，將腦門上本就黏得不嚴實的「紙條」甩開，也不啃花生了，彈出爪子跳下茶几就往二毛那邊衝過去。

——老子不發飆你還真當老子柔弱可欺呢！

於是，一人一貓開始在包廂裡面打架。一開始二毛還拿著椅子上的一個羽毛抱枕擋一下，發現抱枕被很快抓爛，察覺到嚴重低估敵方攻擊力之後，二毛就用外套將自己的頭一捂，往衛稜這邊躲。

那羽毛靠枕被抓爛之後，整個包廂裡面到處都飛著羽毛，整潔的包廂頓時一片狼籍。

衛稜就看著這一切，他真的很想將二毛這傢伙拖過來使勁地揍，二十多歲了，瞧著還是那麼不可靠，很多時候說話做事總讓人想先揍一頓。

鬧騰了十來分鐘後，鄭歎蹲在茶几上繼續啃花生。

不過，看尾巴甩動的幅度就能知道鄭歎的心情實在不怎麼好，任誰被貼上一張「降妖鎮魔」符都不會爽快，更何況鄭歎心裡本就有祕密。

二毛慢慢往椅子那邊挪，他那外套都快被撓成一條一條的了。不過，對二毛來說，只要臉上沒傷，什麼都不用在意。

「二毛啊，你說你跟一隻貓計較啥？」衛稜道。

二毛將破外套捲成一團放旁邊，「你不是說讓我跟這隻貓好好相處嗎？男人之間的感情是打架打出來的，就像我們兄弟幾個，誰不是相互揍出來的感情啊？」

衛稜揉揉額頭，也不再糾結打架的事，而是指著地上被踩了好幾腳的那張「符」，問道：「你從哪裡弄得那東西？」

鄭歎啃花生的動作慢了些，耳朵轉向那邊，他也想知道二毛這傢伙到底從哪裡弄得這張所謂的符，難道真準備降妖鎮魔？

二毛回想了一下，答道：「來楚華市的時候，在火車站看到一老頭，揣著個包拿著個本子，追著我讓我獻愛心，還在本子上記名的那種。我給了十塊錢，他給我一張這玩意兒，說是降妖鎮魔用的。」

在一些車站或者月臺等地方，總有一些乞討或者獻愛心的人。人多了，真假難辨，漸漸地，不知道是社會太冷漠，還是人們變精明了，也或許是那些騙局催化了人們的冷漠，對於獻愛心，人們最先的反應是「騙子」而不是同情。

鄭歎不知道二毛是否知曉這其中有問題，不過，看他那樣子，就算知道，也只是順手花錢買個樂子而已，壓根不在乎。

所以說，這張所謂的「符」其實只是個十塊錢換來的紀念品？

鄭歎心裡莫名安心了一些。

衛稜的注意點不在那張紀念品「符」上，而是說道：「你還真在那本子上寫名字了？」

「寫了啊，幹嘛不寫？花了十塊錢呢！用我練了十幾年的硬筆書法寫的，秒殺上面那些名字N＋1條街！」

「是嗎？那這樣說來，本子上後面那些獻愛心的人寫名字的時候，都會知道有個叫王明的人捐了十塊錢。」衛稜以一種揶揄的口吻說道。

「我沒那麼傻去寫自己的名字，告訴別人我也被坑了嗎？那多沒面子。」

有些時候，那些給錢的人並不是出自自願的，而是「被」捐款。曾經報紙上就報導過路人不捐錢而被揍的事情。所以有些人就覺得，不出自自己意願的「愛心」，都是很沒面子的，尤其是自尊心強的男人們。

既然二毛說他在本子上寫了名字，卻又不是他的名字，那他當時寫了誰的？隨便杜撰的嗎？

「你寫誰的名字？」衛稜疑惑。

「王斌。」二毛得意洋洋。

鄭歎、衛稜：「……」

不知道二毛他哥知道這事後會是個什麼反應。而這估計也只是二毛做過的那些事裡面其中一個並不顯眼的部分。鄭歎想，以後會不會在牆上寫的那些辦證、送氣、鑽孔、磨地板、通下水道或者電線桿上貼的治療頑疾等廣告上看到王斌的名字？還真說不定。

鄭歎覺得，如果自己是王斌的話，一定會將二毛揍得連爹都不認識。

衛稜繼續揉額頭，「還真會給自己拉仇恨，你就是在找死。」

二毛卻一點都不放在心上，臉一側，靠過來，對衛稜道：「Look！」

衛稜疑惑地看了眼，「長痘了？臉皮又厚了？還是讓我搧一巴掌？」

「什麼啊～」二毛擺擺手，指著自己的耳朵，得意地道：「看到了沒？超級無敵大耳垂，老人們常說的，長壽福大。」

鄭歎看了看，所謂的「超級無敵大」有點言過其實，不過相比起一些小耳垂的人來說，二毛這種確實算大耳垂了。

原本二毛還得意地等著衛稜的羨慕嫉妒，哪知衛稜很淡定的說：「可別扯了，雖然我沒讀多少書，但我也知道耳垂這玩意兒屬於遺傳，還是那什麼呃……顯性遺傳，你得感謝你爸媽，我們要尊重科學。」

二毛身體往後仰了仰，很認真地盯著衛稜看了兩秒，「師兄，你啥時候開始『尊重科學』了？還搞這種深奧的問題。」

衛稜這話，別說二毛，鄭歎也覺得驚訝。

——衛稜這是被焦爸他們影響了嗎？

衛稜倒是不覺得自己有什麼不對，繼續說道：「雙眼皮、高鼻梁、大耳垂、長睫毛等都屬於這個什麼顯性遺傳，哦，還有下巴也是遺傳的。你看看那些明星，爸媽下巴都沒那麼尖，電視上她們卻完全不同，很明顯啊，大多都是整形過的。」

二毛依舊是一副懷疑的態度看著衛稜，並不是對衛稜這話內容的懷疑，而是對衛稜竟然會說出這種話而疑惑。

以二毛對衛稜的瞭解，這位師兄一般情況下，空閒的時候看時政軍事和體育類報紙比較多，什麼時候改看科學類了？還遺傳？以前都鄙視過那些所謂的專家教授，現在怎麼就變了呢？一定有什麼原因！

不過，衛稜沒等二毛多問，轉了話題去談其他事情。

鄭歎繼續在旁邊支著耳朵聽，今天來的時候還以為會聽到一些葉昊那邊的事情，可到現在為止，衛稜也沒有說的打算，看來是不準備讓二毛知道了。也是，二毛雖然和衛稜是師兄弟，但二毛和葉昊他們是完全不認識的，相互之間的信任度有限，從這裡鄭歎也能推測出，葉昊那邊有關那個東西的事情確實很重要，保密度高。

——看來今天是無法聽到什麼有用的消息了。

晚上聽了一會兒演唱之後，兩人一貓離開夜樓。

◆◇◆◇◆◇◆◇◆

衛稜先將鄭歎送回楚華大學，然後再載著二毛往住的地方去。

車上，沒了鄭歎在前座瞪著，二毛顯得自在多了。

「衛師兄，我就在你那邊先借住一下啦！兩週內搬出，兩個星期應該足夠我找個滿意的房子了。」二毛說道。

「費什麼事啊！你就在我那裡住著，反正平時我基本上都在公司，有你的話，我們師兄弟倆做個伴。」

「得了吧，衛師兄，我們認識這些年了，我還不知道你？」二毛曖昧地擠擠眼，「有目標了吧？抓緊時間，你看跟你年紀差不多的人，孩子都幾歲了！以前是職責在身，不方便，現在你可得抓緊著，別以為我看不出來。你那房子就留給你跟嫂子吧，我才不去做電燈泡。」

雖然瞧著不可靠，但觀察力不弱，二毛決定的事情，衛稜再說也不會改變。

衛稜也不矯情，說道：「行吧。不過，你想好租屋還是買房了沒？」

「看情況啦，有看中的就買，反正這兩年跟人買賣東西賺了些錢，有了存款。租屋也不錯，畢竟我還沒決定在楚華市留多久呢。」二毛靠在後座上，手指吧啦吧啦敲打著椅面，「師兄你有什麼好建議？」

衛稜沉默了一會兒，說道：「楚華大學裡面不錯，比如那些教職員宿舍。」

「大學裡面？」二毛皺眉。

他還真沒想過在楚華大學裡面租屋，一般來說，在學校裡面的話，受到的約束大一些，不像在外面想怎麼玩就怎麼玩。

「我記得那邊有往外租的，只是稍微有點麻煩而已，但氛圍不錯，夠安靜，能讓你睡到自然醒，社區裡住著的人平均素質高，近朱者赤、近墨者黑，以前不是有雜誌說過嗎？住宅環境對人的品行是有影響的，你啊，該收收心了。」衛稜一副長輩的語氣說道。

二毛在後面撇撇嘴，沒吱聲。

其實衛稜希望二毛在那周圍住是有幾方面的考慮，二毛算是師兄弟幾個裡面最讓人擔心的一個，但即便看起來不懂事，其實很多事情他心裡是明白的；只不過，這幾年二毛在外面估計認識了一些三教九流的人物，衛稜怕他來楚華市之後繼續混下去，雖然不奢望這傢伙立刻來個浪子回頭，卻也希望他有個好點的過渡。

楚華大學其他地方的環境衛稜不確定，但東教職員社區那邊確實很不錯，如果二毛能從那些退休的老師們身上得到些正能量，衛稜就相當滿意了，打電話給師父的時候也能底氣足點。

至於在那裡租屋子的麻煩，衛稜相信二毛的能力，畢竟二毛並不像外表看上去的那種什麼都不懂的楞頭青，真要決定了，他肯定有法子。

而衛稜自己住的地方也離這裡近，要是二毛出什麼事，斷不會去找他爸，自己這個做師兄的得負責及時去擦屁股。

除了二毛這邊的原因之外，衛稜也考慮到了焦家。焦副教授沒多久時間就要離開了，在他離開的這段時間，自己肯定是不可能總看著的，如果有二毛在，也能幫忙照顧焦家的人。聽說照顧人能增加責任感，就讓二毛試試吧。

回到家裡的鄭歎絲毫不知道已經有人在打東教職員社區的主意了，他正計算著接下來一週的安排。

焦家每天都在倒數計時，離焦爸離開的時間越來越近，鄭歎也在數日子。

第五章

中老年婦女之友

某日下午，鄭歎趴在沙發上看著牆上的掛曆。

下週一估計一整天都在小郭的寵物中心那邊，週五晚上夜樓那邊有個國外的樂團演出，週六方三爺去找老劉談生意，鄭歎跟著過去，跟老劉他兒子劉耀「飆」玩具車……除去這些事情，鄭歎在焦爸離開之前也不準備出遠門閒晃了，就在校內遛遛，而且大多數時候都趴在東社區的樹上睡覺，焦家的人回來的時候往那邊瞧一眼就能看到了。

不過，鄭歎又想著，焦爸離開之後，自己的日子會不會更難過？因為很多時候鄭歎跑出去閒晃都是焦爸同意的，焦媽相對來說保守一些，好多次鄭歎出門玩，尤其是晚上出門，焦媽一開始都持反對態度，她被套貓的事情嚇住了，總覺得晚上外面到處都是貓販子，不安全，生怕鄭歎出去之後就回不來了。

要是焦爸不在，鄭歎隨便在外面犯個什麼錯誤，比如回家晚了一點，在外面打架受了點小傷之類的事情，焦媽不讓出門了怎麼辦？難道整天待家裡嗎？那一定會悶死的，估計還會得憂鬱症。在外面跑習慣之後，鄭歎深深覺得待家裡純屬浪費時間，因為待家裡只能睡覺。

在沙發上打了個滾，鄭歎將頭垂在沙發邊沿，尾巴尖有節奏的一動一動，思考著以後該怎麼辦。視線掃過客廳，停留在主臥室那邊。

主臥室的房門開著，通往陽臺的那扇門也開著，通風透氣，陽光照射進來，將室溫提高了幾度。不過，鄭歎並不是因為主臥房間裡光線好、通風透氣而盯著那邊的，讓他注意的目標物其實是擱在書桌上那臺看上去有些笨重的桌上型電腦。

這臺電腦平時只有焦爸在用，焦媽不怎麼使用，焦遠和小柚子也只在週末被允許玩一下，因為焦爸怕焦遠玩遊戲上癮，所以嚴格限制使用時間。

電腦設置了密碼，而密碼除了焦爸、焦媽之外，就只有鄭歎知道了。平時焦爸上網用電腦，很多時候鄭歎就在旁邊看著，對那密碼相當熟悉。

想想看，焦爸出國，焦媽又工作，焦遠和小柚子週一至週五上課，這樣一來，鄭歎可以放心大膽的上網了，還不用害怕被焦爸發現。焦媽沒那麼強的觀察力，到時候鄭歎小心一點就不會被發現。

——好久沒上網了啊。

焦爸雖然知道自家貓與眾不同，但他怎麼也不會想到，自家貓已經開始打電腦的主意了。

終於想出一件在家消磨時間的事情之後，鄭歎滿意地跳下沙發，決定出去轉轉。

楚華市這地方升溫很快，不會慢吞吞地等你去做心理準備。天氣回暖之後，就沒再見到那些大衣、棉襖、羽絨外套之類的了。

大胖蹲在牠家陽臺上揣著爪子曬太陽，見到鄭歎出樓，瞇著的眼睛睜開一條縫看了眼，然後繼續閉著眼睛打盹，一點都沒有要動的意思。

另外兩隻，鄭歎沒看到，警長最近也不在周圍瞎叫了，不知道是不是去其他地方找母貓。

慢悠悠走出社區大門的時候，鄭歎發現有個穿著運動服、戴著墨鏡的人蹲在大門口路旁一個石墩上面，嘴裡叼著根棒棒糖。在鄭歎出來的時候，那人就一直盯著鄭歎看，一邊看，嘴邊還揚起一抹古怪的笑，看著特欠揍。

鄭歎起先只是隨意掃了眼就沒多看了，心裡罵了句神經病，便不準備理睬。但走了兩步，突然停住步子。

——不對！

——這人一定是認識的！

鄭歎扭頭再看向蹲在石墩上的人，仔細瞧了才發現，那再厚的墨鏡也擋不住的低能氣質，這絕對就是二毛那白痴！

與上次鄭歎看到二毛的時候不同，今天二毛沒穿著那身非主流服裝，頭髮也重新染回黑色了，穿著和校園裡運動場上那些學生們差不多的運動服，要是除去那副墨鏡，看著倒是和這裡的氛圍很搭。

見到鄭歎看過來，二毛抬手打招呼，「喲，黑煤炭，出去玩啊。」

鄭歎：「……」黑煤炭你大爺！

這種莫名其妙在別人名字裡添字漏字的人最他媽欠揍了！

鄭歎看了看周圍，社區大門口確實不是個打架的好地方，算了，先放過二毛這次。鄭歎轉頭繼續往前走，腳步加快，不想再留在這裡面對二毛。

「對了，黑煤炭，我過幾天就搬過來了，嗯，初步估計，應該就在你家那棟樓。」二毛慢條斯理地說道。

鄭歎聽著身後響起的話，一個急停，扯著耳朵看向二毛，想分辨二毛這話的真假。

鄭歎原以為二毛跟龍奇那種人一樣，見著貓的話，有多遠避多遠。可看二毛這種賤兮兮的樣子，這傢伙是準備「逆流而上」越挫越勇？

很明顯，二毛就是那種越不喜歡你，越要常常出現、顯示自己的存在感來噁心你的人。

不過……

鄭歎想了想自家那棟樓的住戶，社區的很多老師都比較排斥外面的人，覺得外面的人太複雜，又不知根知底，不信任。而在焦家所居住的B棟，雖然確實有一些住戶不怎麼住這邊，但想要將房出租給校外的人，第一個要面對的就是蘭老頭。為了錢而將房子租給那些不可靠的人，蘭老頭最反感。送禮賄賂走人情不僅起不到效果，反而會讓蘭老頭更厭惡。走不通這些路子，你二毛能幹啥？

覺得二毛成功的機率不大之後，鄭歎放心不少，也不再理會二毛了，小跑著離開。

二毛看著走遠的黑貓，低聲咕噥道：「還真聽得懂！」

覺得二毛這人租屋的成功率不大，鄭歎便沒將二毛的話放心上，覺得那只是二毛說出來氣自己的。直到週日的早上，焦爸帶著焦遠和小柚子跑步，鄭歎跟著一起跑，經過學校廣場那裡的時候，見到那些跳著扇子舞的老太太中間唯一一個男人的時候，才猛然醒悟，二毛這傢伙可能是說真的。

廣場那邊，一群老太太舞著手上的扇子，周圍有一些學生笑著看著那邊。見慣了老太太們跳扇子舞，他們可是第一次看到二十多歲的年輕小夥子跳這個，偏偏人還家拿著那嫣紅的羽毛扇子跳得像模像樣，一點都不受周圍人的影響，惹得一群老太太笑呵呵的，尤其是翟老太太，對二毛笑得那叫一個親切啊。

擺平了翟老太太，何愁擺不平蘭老頭？

鄭歎頓悟，原來二毛走的是中老年婦女之友的路子！

不得不說，二毛這人臉皮實在是厚，而那群老太太似乎就喜歡這種不要臉的，她們嫌現在的年輕人太靦腆愛面子放不開。

似乎是為了印證鄭歎的猜想，三天後，鄭歎經過小花圃的時候，見到二毛正在裡面忙活。

「蘭老師，這盆花放在哪兒？」二毛抱著花盆站在那邊。

要說蘭老頭這人吧，相比起「教授」這個稱呼，有些時候他其實更偏向於「老師」，偏偏大多數人為了表示尊敬，顯示蘭老頭的德高望重，都稱呼「蘭教授」、「蘭老」等，可惜蘭老頭心裡不一定領情，現在二毛這稱呼簡直就是撓到了蘭老頭的癢處。

「放那裡，就那盆白杜鵑旁邊。」蘭老頭指了個地方。

「這盆映山紅呢？」

「放那邊。」

看著二毛幫忙搬花盆挖土，鄭歎不得不承認，二毛的目的已經快達到了。

為這事，鄭歎最近的心情實在不怎麼好。

往社區回去的時候，鄭歎一邊走一邊想著怎麼把二毛這事攪黃了，驟然聽到斜前方傳來一聲幼稚的脆脆的童音。

「黑——哥——」

鄭歎聽到這叫聲之後沒停下，而是加快步子往前走，心裡暗罵一聲：操！

鄭歎覺得今天的運氣實在不怎麼樣，出門就沒好事。

沒理會那喊聲，鄭歎準備繼續往前跑，希望別……

「嗚哇——」

——果然！

鄭歎腳步一停，不用轉身他就知道那小屁孩又趴地上開始哭了。

這招已經用過很多次，但鄭歎還真扛不住這招，一聽到哭聲總覺得有那麼點負罪感，畢竟這小屁孩還叫自己「黑哥」呢。

在原地站了幾秒之後，鄭歎長嘆一口氣，認命般轉身，看向那邊。他的視線從趴在地上正哭著的孩子身上掃過，然後落到站在孩子旁邊一個三十來歲的女人身上，明明這女人才是保姆，明明這女人離得更近，可她卻沒有半點要將趴地上的孩子扶起來的意思，保姆做成這樣還真夠奇葩的了。

見鄭歎看過來，那女人笑了笑，沒動。

鄭歎扯了扯耳朵，一爪子將身下還是大片枯黃的草地抓斷好幾根枯草，然後大幅度甩了兩下尾巴，走到趴在地上正哭著的小孩眼前。

——笑屁啊！

算起來，卓小貓這孩子都快一歲了，時間過得真快。這個月鄭歎已經遇到好幾次卓小貓了。小卓不在，帶著卓小貓的是旁邊這個女人，聽說是佛爺找來的。佛爺她老人家公務繁忙，不可能經常照顧卓小貓，所以帶孩子的任務就由旁邊這個女人來接管。佛爺叫她「小萬」，卓小貓稱呼她「姑姑」。

在本土文化上，「姑姑」這詞指的是父親的姐姐。而卓小貓的父親，鄭歎很清楚，生理學上的父親並不在這裡，也許以後都不會出現；而一些登記表、證明和文件檔案上的父親，則已經成為了烈士。因為小卓參與專案的原因，卓小貓享有特殊保護政策，父親那一欄上的名字，不過是這個保護政策的結果，能夠讓卓小貓避免周圍那些戴著有色眼鏡的人。

而這位小萬保姆，到底是佛爺找來的還是上面派過來的，鄭歎並不確定，至少到現在為止，卓小貓的成長情況相當好。

在卓小貓還沒出生的時候，很多人懷疑他會不會有畸形或者先天疾病存在，等卓小貓出生後，一些人又在懷疑這孩子的智商問題。不過現在，鄭歎相當確定這孩子的智商一點都不低。這還不到一歲呢，對人差別待遇的本事越發厲害了。如果這樣的孩子叫智力障礙的話，那其他的人叫啥?拉布拉多嗎?

明知道這小屁孩在裝哭,鄭歎還是走到他眼前。果然,下一秒哭聲就停了。

說他假哭吧,這孩子還真能哭出眼淚來,但鄭歎一走過來這破孩子就立刻不哭了,看著心情還不錯。似乎小孩子們使用起這招來特別容易。

卓小貓特喜歡用這招,而且屢試不爽,每次都氣得鄭歎咬牙。

「黑哥!」趴地上的卓小貓又叫了一聲。

鄭歎抖抖耳朵,抬手推了推卓小貓的頭。

都不用鄭歎再多做啥,卓小貓自己爬起來,然後扶著旁邊的木質欄杆站立。

站在一旁的小萬笑著看著這一幕,她已經習慣了,每次都這樣。剛開始她還防著這隻黑貓,生怕這貓伸爪子撓人。不過,她跟小卓通話的時候,小卓說不用擔心,後來試了幾次,她發現這貓確實沒對孩子造成傷害,也就沒再防著了。

小萬還記得,卓小貓剛開始走路的時候,每天都喜歡扶著旁邊的木質欄杆走幾步,而當他一看到那隻黑貓,就往地上趴,還哭。她過去扶也沒用,除非那隻黑貓過來。後來有一次她沒立刻過去扶,等著看事態發展。孩子穿的衣服厚,比較容易受傷的關鍵部位都有保護,不用擔心摔傷,況且周圍只是草地,摔地上也不疼。再後來,她看著卓小貓故意往地上趴、還裝哭的時候,就不管了。

小萬每次聽到卓小貓叫那隻黑貓「黑哥」的時候,都很想笑,之後她從小卓口中得知一些事情，對這隻黑貓也放寬了很多，有時候看這隻黑貓揮動著兩條前肢往卓小貓頭上拍，都讓小萬忍俊不禁。因為那隻黑貓看起來揮爪子揮得很大力，其實落下去的時候很輕，幾乎只是微微碰上一下，而且向來都將爪子收得好好的。

見卓小貓爬起來，鄭歎不想繼續留在這裡和這小屁孩浪費時間，還是找個安靜的地方睡一覺比較舒服。

走了十來公尺，快到拐彎處的時候，鄭歎看到有個人從那邊過來，頓時心情更惡劣了。

「黑煤炭啊，你怎麼在這裡？哦，這個，吃嗎？我剛買的雜糧餅！」二毛將手上已經啃了一半的雜糧餅往鄭歎那邊象徵性地遞了遞，然後收回來繼續啃。

剛才在小花圃那邊幫蘭教授搬完花盆之後，二毛覺得肚子餓，跑到校門口的小吃攤那裡買了點東西吃，手裡還提著一碗打包的豆腐腦，準備待會兒回小花圃給蘭教授的，他也沒想到走小路會碰到這隻黑貓。

鄭歎在見到二毛的時候就停下來了，而在鄭歎停住腳的這段時間，後面的卓小屁孩也扶著圍欄走過來，一邊踩著小腳步、一邊叫著：「黑——哥——」

二毛聽到小孩的聲音，往周圍看了看，這個時候學生們都在上課，沒多少人走動，何況是這條小路。此刻周圍就他們幾個人，看了一圈二毛也沒找到其他人，那孩子到底在叫誰？

等卓小貓再次叫的時候，二毛差點將嘴裡的雜糧餅噴出來，他已經順著小孩的視線找到那稱呼所對應的目標了。

——黑哥？

——就這隻貓？

——第一次看到有小孩子叫一隻貓「哥」的。

二毛起身朝卓小貓那邊走過去，他靠近的時候，小萬往前一步擋住，雖然面帶微笑，但小萬眼裡有著明顯的警惕。

抬抬手，二毛表示自己知道了，就在一步遠的地方停住，然後從口袋裡掏了掏，掏出一根棒棒糖，還是那種卡通娃娃臉樣子的棒棒糖。

「嘿，小朋友，哥哥有好東西喔，想不想要？」二毛將手裡的棒棒糖搖了搖。

鄭歎鄙視之。還「哥」呢，這都該叫「叔」字輩了。

卓小貓推推小萬，邁著小步子擠上前，伸手欲拿。

二毛手一縮，讓棒棒糖離得遠了點，然後指著蹲旁邊的鄭歎，對卓小貓道：「你對牠說黑碳是笨蛋，哥哥就把這個給你……叫笨蛋也行，就喊牠笨蛋。」

卓小貓往前一小步，繼續伸手，想要拿二毛手裡的棒棒糖。

二毛說了幾遍之後，發現一點效果都沒有，這小孩根本沒理會他。算了，就這麼大點的小孩，話都說不順溜，懂什麼啊！

沒準備繼續跟這小孩廢話，二毛將手裡的棒棒糖遞給卓小貓，正準備說兩句。

就在這時候——

一條水線劃過弧行軌跡，射向二毛的鞋子。

雖然二毛的反應快，跳開了，但鞋子上還是被噴到了些尿液。

——臥槽！還聲東擊西？！

——這是蓄謀已久的吧？不然怎麼能尿這麼多還尿這麼遠？！

二毛看著鞋子上的尿跡，臉上難得的扭曲了。

小萬憋著笑，繼續擋在卓小貓前面，雖然二毛沒有表示出惡意，但警惕點總是好的，畢竟是陌生人，而且小萬覺得，眼前這個看上去二十多歲跟在校學生似的年輕人，不一定好對付。

卓小屁孩倒是一點都不害怕，也不覺得自己做錯了什麼，手裡抓著棒棒糖「咯咯咯」直笑，笑得口水都滴下來了。

看著這情形，鄭歎的心情頓時由陰轉晴。

——幹得好，卓小貓！

二毛抖了抖鞋子上的尿，用包雜糧餅的紙擦了擦運動鞋，糾結地看向眼前這個不大點的孩子。這小屁孩真的不懂剛才的話嗎？這小屁孩跟那隻黑貓其實是親兄弟吧？！報復，他絕對是在報復剛才自己慫恿他罵那隻貓！

這還沒結束，卓小貓離開旁邊的木質欄杆，邁著還不太穩的步子，走到鄭歎眼前。草坪上凹凸不平，卓小貓差點一頭栽地上。

將棒棒糖放到鄭歎眼前，卓小貓看著鄭歎。

二毛：「……」天殺的，這兩個一定是親兄弟！

鄭歎心裡挺感動的，這小屁孩明明想吃得要死，流口水的速度都快了很多，偏偏還將東西往自己眼前放。

——好孩子啊！

鄭歎抬爪子將棒棒糖推到卓小貓手邊，拍了下卓小貓的頭。現在這孩子還小，再長大點，他就拍不著了。

卓小貓幫著氣了二毛一場，鄭歎心裡很高興，一連幾天都樂呵著，只要想到當時卓小貓尿二毛一腳的情形，就忍不住樂。

只是，鄭歎的好心情只維持了一星期。

一週後，鄭歎出門準備去外邊曬太陽透透氣，下樓的時候就發現三樓的動靜有些大。

蘭老頭他家的大門開著，而蘭老頭對門那戶經常沒人住的房子，門也開著，裡面傳出蘭老頭中氣十足的聲音。

「放那兒，對，就放那兒。你住主臥室就行，書房替你整理出來了，另一個房間就用來放他們原來的東西……」

鄭歎聽著挺好奇，住這裡這麼久，見到這戶人家的次數只有個位數。

來到門前，鄭歎探頭往裡瞧了瞧，正好看到翟老太太拿著抹布抹桌子。

一抬頭便見到鄭歎，翟老太太笑道：「喲，黑碳也來了，快進來屋裡走一圈，剛才我還見到一隻老鼠呢。」

鄭歎：「……」算了，還是別進去了。

正準備走，那邊房間裡走出來一個人。

鄭歎抬眼一看，臥槽，這傢伙怎麼會在這裡？！

二毛穿著一身藍色的工作服，他是聽到外面老太太的話後特意出來打招呼的。朝門口的黑貓揮揮手，二毛一臉得意。

「你好啊，鄰居。」

◆◇◆◇◆◇◆◇◆

一場春雨過後，草地上好像一夜之間就泛綠了，一天一個樣，冬季枯黃的色彩漸漸散去，真正的春暖花開在人們還沒準備的時候已經到來。

原計畫四月中旬離開的焦爸接了個電話之後，決定提前離開楚華市，先去京城那邊，和京城大學的一位老教授交流一下，然後一起出國。有那位老教授幫忙，一切會順利很多。

焦爸離開的前兩天，已經將生科院裡的工作安排好了，手下的學生除了兩個研究生、一個準研究生之外，還有一位準備保送焦爸研究生的大三學生，全都安排了任務。那位打算保送的學生是焦爸這段時間敲定的，也是個女孩子，和曾靜一樣，不屬於那種孱弱型。生科院裡有老師開玩笑說，焦副教授就喜歡招這種看著身強體壯的學生。

除了他的學生之外，家裡幾個人也輪番被焦爸叫過去單獨談話。包括鄭歎。

此刻，鄭歎就蹲在貓跳臺上，一本正經聽著焦爸囑咐事情。

「……我不在的時候你少惹點事，別以為我在國外就對家裡一無所知……別裝傻，我知道你聽得懂，就算不全聽得懂，一部分是能理解的，對吧？那這樣，我說得簡單一點，總結起來一句話——別惹事！當然，不惹事也不代表怕事……唉，這樣說好像也不太確切……」

估計是第一次離家這麼久、這麼遠，一想到要與老婆和孩子以及寵物分開至少一年，焦爸平時的淡定也不剩多少了，而最讓焦爸頭疼的就是鄭歎。

「那個叫葉昊的，我們談過話了。」焦爸說道。

鄭歎耳朵嗖地轉向那邊，等著焦爸接下來的話。

可是焦爸並沒有說談話的內容，而是掏出一張卡，那是焦爸用自己的身分證辦的一張銀行帳戶提款卡，這個帳戶裡的錢全都是鄭歎的積蓄，有拍廣告的、趙樂他們給的「謝禮」，還有趙樂和方三爺給鄭歎的讓焦爸差點驚掉眼珠子的「壓歲錢」等等，以及這次葉昊拿出來的那筆錢，都存在這裡面，焦爸從來沒動用過。

「來，這是你的提款卡，你媽都不知道這張提款卡的具體情況，現在你自己放好，就放這個抽屜裡吧。」

別說焦媽，就算是衛稜和葉昊甚至方三爺一開始都不會想到，焦爸竟然會將這些錢全部存在替貓準備的銀行帳戶裡，如今帳戶裡的錢對於一些人來說都算得上是鉅款了，但除了焦爸之外，沒人知道這些錢究竟存在哪裡。

焦爸將連接著貓跳臺的其中一個抽屜拉開，把提款卡放進一個沒鎖住的抽屜。這抽屜是方三爺的傑作，在這個貓跳臺上有三個小抽屜，而且不仔細看還不容易發現。每個抽屜裡都有鑰匙，而鑰匙鄭歎自己藏得好好的，這是屬於鄭歎的私有產物。

至於那張提款卡，著實讓鄭歎驚訝了一把，他沒想到焦爸竟然會將提款卡給自己。

放好之後，焦爸拍了拍貓跳臺，「你說家裡來小偷的話，會不會發現貓跳臺裡面還藏著一張銀行提款卡？」

鄭歎甩甩尾巴，估計沒哪個小偷會認為貓窩裡面會藏著珍貴的東西，尤其是像焦家這種小老百姓式的家裡。畢竟這種行為在一些人看來確實太瘋狂了，鄭歎深深覺得，正常人都不會往這方面想。

焦爸沉默了一會兒，起身回臥房那邊，不一會兒又出來，手裡拿著個盒子，鄭歎知道那裡面裝著過年回焦爸老家的時候那位老婆婆給的玉牌。這塊玉牌鄭歎沒怎麼戴過，一方面是戴著難受，另一方面就是這東西太惹眼，出去閒晃絕對會被人搶走，所以一直在焦爸手裡保存著。

「這個也放裡面。哦，對了，這個給你看看。」說著，焦爸掏出另一個盒子，將盒蓋打開。

鄭歎伸長脖子看了過去。盒子裡面放著一塊人造琥珀，裡面包著的是一顆貓牙，就是焦爸曾經對鄭歎說過的，對焦爸有恩的那隻貓留下的。

鄭歎仔細瞧了一下，又想了想照鏡子的時候自己嘴裡尖牙的大小，不得不承認，人造琥珀裡面那顆牙比他的要大，只是大了一點點，但不可否認，那應該也是一隻大貓，不過肯定比不上爵爺那體型。

包裹著貓牙的人造琥珀，焦爸只是拿出來給鄭歎瞧瞧，沒打算放在鄭歎的抽屜裡。又囑咐了一些事情，焦爸才起身出房門。

焦爸離開楚華市的那天是週六，焦媽開著車帶著兩個孩子加鄭歎送焦爸上飛機。與焦爸同行的還有另一位老師，見到焦家連人帶貓一起來送行，覺得很稀奇，上飛機之後還跟焦爸開玩笑說「你們家還帶貓兒子過來呢」。焦爸只是笑笑，沒辯駁。

焦爸不在，焦家安靜很多，至少現在是這樣。焦遠和小柚子都很自覺，按時起床，回家後自動自發的做作業，還能幫著做家務。

鄭歎還是和以前一樣，按時回家，肯定會在吃飯時間回來，不同的就是，他現在很少去生科院那邊了。焦爸的辦公室裡經常有人，易辛和蘇趣他們沒有電腦，焦爸不在，這兩個傢伙經常用辦公室的電腦看電視劇、逛休閒論壇。

說起電腦，鄭歎一直等著家裡沒人的時候去開著玩。

週一一大早，鄭歎送小柚子去學校之後，就立刻轉頭往家跑了，現在也沒心思去別的地方，就準備拍拍鍵盤。

◆◇◆◇◆◇◆◇◆

回到家，關好大門，鄭歎直接衝進臥房開電腦。

跳上桌，蹲電腦前面，鄭歎等著電腦反應。開機有些慢，不過鄭歎這時候也不急了，反正有的是時間。

至於滑鼠，鄭歎一個爪子不太好使，就用兩個爪子，看著就像是抱著滑鼠一般。

自打變成貓之後，這好像還是鄭歎第一次自主上網，心裡有些小激動，抱著滑鼠的時候沒控制好力道，差點將滑鼠扔出去了。要輸入字母的時候，鄭歎懶得轉回身用爪子去按，於是只能用後腿和尾巴了，很彆扭，很費勁，一個詞輸錯好幾次，但真不敢相信「熟能生巧」這個詞會在他自己身上發揚光大。

有些費力地控制著滑鼠和鍵盤，鄭歎註冊了個聊天軟體的帳號，但是好友分類裡面一個人都沒有，其實鄭歎還想找找本體的，可惜不記得當年的帳號了。看著聊天軟體的介面，鄭歎發了一會兒呆。

鄭歎搖搖頭，先這樣吧，不知道以後會不會有好友。說起來，自己這也算是見不得光的，只能在網路的虛幻世界裡面嚷幾句活躍一下了。

遊戲部分，鄭歎不敢亂下載，要下載也不是這時候。一直等著用電腦，但現在真正面對電腦時，鄭歎又不知道幹嘛了。

——對了！

鄭歎搜索了一下小郭經常說的那個寵物論壇，在論壇裡面最活躍的兩個區就是貓區和狗區了，城市裡面養這兩種寵物的人最多。

點開「寵物貓」的分類，一進去，鄭歎從上往下找，沒看幾篇帖子就找到了一個前幾天去小郭的寵物中心那邊新拍的圖片廣告轉載。

鄭歎看了看下方的評論，果然，合作拍攝的幾隻動物論外形確實比鄭歎要惹人喜歡些，而讓鄭歎心理平衡一點的是，論壇裡還有一些自己的粉絲，其中多數是論壇裡的老人。尤其是看到裡面有個人說「blackC 就是金字招牌」的時候，鄭歎尾巴都樂得翹起來了。

要回覆就得註冊論壇帳號，鄭歎抱著滑鼠踩著鍵盤，按照上面的提示一步步來註冊。不過，ＩＤ名是個費腦子的事情，叫什麼呢？

他看了一下其他人的ＩＤ名：愛貓叫旺財，妞妞點點貓，咪瑩，屋簷下的喵，軒轅小喵，霸氣的貓，喵家小狐，地獄貓……

好吧，這些名字不是「喵」就是「咪」的，一看就是論壇裡面貓黨一派。

想了想，鄭歎一個鍵一個鍵踩著輸入。

ＩＤ：鄭歎是隻貓。

註冊完之後，鄭歎很不要臉的在帖子裡面回了一句：「那隻黑貓真他媽帥！」

想了想，鄭歎又在後面加了一句：「簡直酷斃了！」

翻了一會兒網頁，鄭歎清除掉痕跡，關掉電腦，心情很好的下樓閒晃。雖然能夠玩電腦，可鄭歎還是喜歡在外面遛一遛。

當然，如果後面沒跟著個人的話，鄭歎的心情會更好。

第六章

作為一隻貓，我感到很悲哀

二毛一覺睡到九點半，這個時候餐廳已經沒吃的了，他去校門口的攤販那裡買了雞蛋餅和一個便當，便當留著餓的時候再吃，微波爐熱一下就好了，二毛不挑剔，就算飯菜是冷的他也能直接吃下去。

剛走進社區，二毛就看到鄭歎往外走，於是立刻咬著雞蛋餅，一手提著已經快冷掉的便當跟在後面。

二毛離鄭歎並不算近，一直保持著十來公尺的距離，但鄭歎幾次想擺脫也沒能成功。試了幾次之後，鄭歎索性不管了，想跟就跟著吧。

沿著路邊的人行道往前走，等到有圍牆的地方，鄭歎就跳上圍牆。

焦爸離開前的一段日子，鄭歎都留在校內沒出來，這是近期第一次出來。這條路還是老樣子，並沒有發生什麼翻天覆地的大變化。

走過一個路口的時候，鄭歎往旁邊的小巷子裡掃了一眼，發現巷子裡一棵不知道什麼品種的樹上蹲著一隻貓，黑白花的貓。

讓鄭歎停下來的並不是這隻貓的樣子有多特別，這貓和鄭歎一樣，就是一隻土貓，外形看著沒什麼特別的。但鄭歎好奇的是，牠到底在看什麼？

那隻花貓蹲的地方，離地面約五公尺左右，牠盯著樹前一棟房子的二樓窗戶處，一動不動地盯著。

原本鄭歎以為牠正在瞇覺，因為鄭歎自己蹲樹上瞇覺的時候也是這樣一動不動的。側了點角度後鄭歎發現，那隻貓確實沒瞇著眼睛，相反，牠眼睛瞪得大大的，耳朵警覺地豎起，隨著周圍響起的雜音微微轉動。

或許是察覺到鄭歎在看著牠，蹲在樹上的那隻貓扭過頭看向路口。

看上去有些像流浪貓，身上的毛沾上了一些汙跡，眼睛上方還有幾條長短不一劃痕，癒合的傷口留下一條條血色的痕跡，在白色的皮毛處尤為醒目。這些傷應該是前兩天留下的。

鄭歎不知道到底是什麼東西將這隻貓劃傷，但只要最長的那傷口再往下延伸一公分，那隻貓的左眼估計就廢掉了。往好的方面說，這隻貓還算幸運。

那隻貓只是掃了路口的一人一貓一眼，或許是覺得兩人沒有威脅，就又繼續盯著那棟房子二樓的窗戶。

旁邊的二毛將最後一口雞蛋餅咬進嘴裡，咂了咂嘴巴，問道：「那隻貓在看什麼？難道裡面有什麼『和諧』的情景？」

鄭歎抖了抖耳朵，懶得理會二毛，抬腳往那邊走過去。

在鄭歎往那邊靠近的過程中，那隻貓的又警惕地看了鄭歎兩眼。就算牠沒盯著鄭歎，耳朵也一直小幅度動著，相當警覺。

並沒有爬上樹，鄭歎走去那裡只是為了看看這隻貓到底在瞧什麼，但結果讓鄭歎很失望。不需要爬樹，站在這裡鄭歎就能看到那棟房子二樓窗戶的情形，因為二樓的窗戶關著，還被窗簾遮得嚴嚴實實的，壓根無法看見屋內到底有什麼。

看看樹上繼續盯著窗戶的那隻貓，再看看遮著窗簾的窗戶，鄭歎搖頭，真是莫名其妙。沒繼續待在這裡找原因，鄭歎返回路口，繼續往前走，二毛依舊跟在後面。

二毛並不覺得無聊，他沒走過這邊的街道，現在倒是對這條街上充滿著地方特色的小吃很感興趣，雖然早已過了吃早餐的時間點，但很多商鋪小攤並不只針對早餐，於是二毛一路走一路買一路吃，有一家綠豆餅不錯，二毛直接買了兩包拎著。

這條街上有些人對鄭歎都已經熟悉了，有的人看到鄭歎還主動打招呼，雖然他們不知道鄭歎的名字，但偶爾也會像對自家寵物那樣說兩句，或者跟旁邊的人聊聊這隻黑貓，猜測一下是誰家養的。

老街區就是巷子多，那些狹窄的只能容兩、三個人並肩行走的巷子多的是，而這些巷子也是充滿了各種故事的地方，鄭歎往這條街上走了這麼久，也見過不少。打架的、勒索的、吸毒的、偷情的等等，年齡涉及廣泛，不分性別、不分長幼、不分行業。

或許，這也算是胡同巷子文化的一部分？

就像此刻，鄭歎動了動耳朵，看向一條狹窄的巷子。巷子裡面有一塊凹進去的地方，是用來堆垃圾的，兩個二十出頭的青年站在那裡，對著凹陷處的人說著話。

鄭歎聽了聽裡面的聲音和斷斷續續的對話，不想過去管閒事，正準備離開，卻發現二毛走進巷子。但二毛並沒有往更裡面走，只是走了兩步，然後就靠著旁邊的牆壁，一手拎著路上買的雜物，另一隻手捏著個綠豆餅吃。

鄭歎跳上圍牆，準備看看二毛這吃貨到底準備幹什麼。見義勇為嗎？

那邊兩個青年已經拿到逼來的錢，數了數，往巷子外走，一抬頭，發現巷口站著個人。將錢放進褲袋裡，兩人對視一眼，繼續往外走，手準備掏傢伙。

二毛用大拇指擦了擦嘴邊的碎屑，抬腳往裡走。

其中一個青年醞釀了下情緒正準備放狠話，還沒出聲，就發現二毛已經竄到眼前，下一刻他就倒地了，他甚至沒來得及看清楚眼前的人到底怎麼出的手。

另一個青年正準備掏刀子，刀子還沒現身，鄭歎聽到「喀」的一聲輕響，那人「啊」的痛叫還沒叫完，叫聲戛然而止。

只一個照面，甚至二毛只是用了一隻手，眨眼間那兩個人都倒下了。

鄭歎看著趴在地上一動不動的兩個人，抖了抖耳朵。果然是衛稜的師弟，這出手真俐落。

原本在巷子牆壁內凹處站著的那個人聽到聲響，伸脖子往外看了看，正好與二毛看過去的視線相碰，然後那孩子又將頭縮回去了，壓根沒敢站出來，估計他還在祈禱二毛別盯上他，他可不想與趴在地上的那兩人為伴。

二毛只是看了垃圾堆那邊一眼，便沒再多瞧。走到趴地上的兩個人旁邊，二毛伸手掏了掏這兩人的口袋，掏出的錢合起來似乎至少有一千，然後全部放進自己的口袋裡，連硬幣都沒放過，還一臉心安理得、理直氣壯的樣子。

鄭歎：「……」

——臥槽！

——黑吃黑？！

好吧，鄭歎剛才還想著二毛會不會見義勇為將錢還回去，果然，他還是高估了二毛的人品。錢放好之後，二毛拍了拍外套上的灰塵，沒再看地上趴著的兩人和垃圾堆那裡的人，轉身走了，只留下從垃圾堆處伸出頭看巷子裡事態發展形勢的那個學生一臉複雜地站在那裡，有些欲哭無淚的感覺。

從巷子裡走出來，二毛看向旁邊圍牆的時候，發現圍牆上的黑貓帶著鄙視的眼神看著他。

「怎麼，看不順眼？覺得我應該還錢給那小屁孩？」二毛喊了一聲，說道：「那種小屁孩一看就不是好貨，這錢說不定還是他從比他更弱的孩子們身上逼出來的。」

雖然二毛的人品不怎麼樣，但不得不承認，他看人很準。

當然，或許這只是二毛對自己行為的藉口而已，鄭歎懶得去較真，他只是對站在垃圾堆那裡的學生有印象，以前見過這人與他的夥伴堵付磊，可惜付磊是個硬漢，兩人合夥堵付磊都沒堵成功，反而被付磊一個不漏地揍了。這孩子的運氣實在不怎麼好，不是有句話這麼說嗎？出來混，遲早是要還的。

並沒有因為剛才的事情有多少情緒變化，還是和之前一樣，二毛帶著些好奇看著周圍的商鋪和小攤，看中什麼就過去買。

鄭歎一路走，路過焦遠的學校時，站在窗戶邊上看了一會兒，還被坐在後排的幾個學生發現了，在講臺上的老師沒發飆之前，鄭歎趕緊離開。誰知道講臺上的老師認不認識焦媽、會不會去告狀，所以還是別在這裡待下去的好。

之後，鄭歎去了葉昊手下那個項目的工地看了幾眼。

二毛跟在後面，雖然他臉上沒有表現出什麼，可心裡已經感慨好幾次了。尤其是看到工地裡那些人看鄭歎的眼神，二毛才發現，這隻貓人緣真好。

跟著鄭歎熟悉了一下這條街，見鄭歎往回走，二毛也沒打算繼續在外面待下去，跟著往回走。在經過之前那個路口的時候，鄭歎往裡又瞧了瞧，樹上那隻貓不在了，而那邊那棟房子二樓的窗戶也已經打開。

在好奇心驅使下，鄭歎跳上樹，往裡面瞧。

屋裡有個穿西裝的三十多歲戴著金絲邊眼鏡的男人，此刻他正端著一杯咖啡，坐在窗前，不知道在想什麼。

看到突然跳上樹的黑貓，那人先愣了愣，然後便露出一點笑意。

鄭歎感覺那人的眼神有點怪，他臉上的笑在別人看來沒什麼異樣，但鄭歎卻覺得渾身發毛，總覺得這人透著一股詭異的矛盾及違和感。

鄭歎的感覺沒錯，那人臉上依舊帶著剛才的笑意，端著咖啡杯的手卻突然一揚，將杯子裡還有些燙人的咖啡朝鄭歎潑過去！

樹離那棟房子並不遠，一些樹枝都已經伸到窗戶邊上。好在鄭歎有警惕心，避開了，但背上還是被濺上了一點點，不多，也感覺不到燙人的溫度，可是鄭歎能夠嗅到那一點點咖啡帶來的咖啡味，再聯想到二樓那人的所作所為，就更不爽快了。

反觀那人，他正因為這事笑得更開心。

鄭歎跑了些距離之後，再次看向二樓窗戶口的時候，那人已經不在窗戶邊上，估計又去倒咖啡了。

扯了扯耳朵，鄭歎往周圍掃了一眼，樹下有一顆石頭，再看二樓的窗戶口，還是沒人。

鄭歎小心的往樹下接近，防止二樓又潑個什麼東西下來。

來到樹下後，鄭歎將石頭往遠處撥了點，因為樹和那棟房子之間還隔著一面牆，這會干擾鄭歎的行動。

覺得距離恰好的時候，鄭歎伸出兩隻前爪抱住那顆石頭，然後往二樓的窗戶扔過去。

——我讓你潑！

——去你大爺的！

石頭砸在窗戶的玻璃上，接著便是一陣玻璃碎裂的聲音。

鄭歎扔了石頭之後就跑了，聽到玻璃碎裂的聲音後心情暢快很多。

剛才鄭歎雖然很生氣，但也因為路口處還有二毛在看著這邊，所以鄭歎扔石頭的時候並沒有直接立起來以擲手榴彈的方式那樣單爪投過去，而是選擇了雙爪齊上、抱著石頭拋投的方式，這

回到過去
BACK TO THE PAST
TO BECOME A CAT NO.5
變成貓
陳詞懶調×PieroRabu

樣子雖然還是很讓人驚訝，但總好過前者。

二毛詫異是詫異，不過也沒說話，還朝鄭歎比了個大拇指。

不過，二毛心裡卻不像臉上那麼冷靜，剛才見到的一幕確實挺讓人吃驚的，好在衛稜幫他打過預防針，還有他自己的一些經歷，倒也沒有太過驚訝。二毛還想到了師父他老人家說過的一句話：「復仇是一種本能，人類是這樣，貓，亦是。」

回楚華大學的途中，鄭歎經過幾家已經關門休息的小店時，見到了那隻黑白花色的貓。兩家店之間有一點間隔，不知道是誰放了個紙盒在這間隔裡，而那隻黑白花色的貓就待在裡面，旁邊有一個免洗紙碗，紙碗最下面有一些不知道過了幾天的飯菜，上面倒是有一個看上去比較新鮮的包子。

近距離看這隻貓，鄭歎一直以為這貓鼻子上黏著的是個黑色的汙塊，現在才發現，那只是牠本身的花紋，那形狀像米粒似的。

那貓對鄭歎和二毛倒沒有明顯的惡意，只是有些警惕，尤其是鄭歎靠近那個紙碗的時候，牠還發出低沉的嗚嗚的警示聲。見狀，鄭歎也沒再靠近了，倒是二毛拿出先前買的便當往那邊靠的時候，那貓沒叫，只是帶著點警惕。

便當已經冷掉了，但裡面透出來的肉香還是讓這隻貓精神了許多，可即便如此，牠並沒有立刻就吃，只是一直盯著二毛。

二毛瞧了瞧周圍，不遠處有一枝不知道是誰家小孩扔的一小截棕色的蠟筆，二毛撿過來，在紙盒子上寫了幾個字。

「會抓老鼠，能看家，求包養。」

字的後面還畫了一隻簡單線條的貓。

◆◇◆◇◆◇◆◇◆

回到楚華大學之後，二毛還跟鄭歎說著那隻蹲在盒子裡睡覺的黑白花貓的事情。不過，飯也給了，字也寫了，可是二毛並沒有要收養的意思。

也是，想起第二次見到二毛時的情形，鄭歎就知道這人對貓的感情挺複雜的，說不上絕對討厭，也說不上親近，更不同於龍奇那種人。

算了，看緣分吧，雖然鄭歎是很希望那隻貓被收養，但這也不能強求。

鄭歎以前在小郭的寵物中心拍廣告時，空暇時間也會在寵物中心周圍的那片草地上溜一溜，那裡坐著一些帶寵物過來看病或者購物的人。鄭歎有天過去溜達的時候，看到一個瘸腿的老人，他跟旁邊的其他貓友們聊天，他說他養寵物得看眼緣，看不上的，就算是再珍貴，也不會要，而那老人收養的貓是一隻在車禍中失去了一條後腿的。那隻貓被照料得很好，也很有精神，可以看出這一人一貓相處得很好。

所以，只能看眼緣了。人瞧不上貓，就算養了肯定也不會細心照顧；貓瞧不上人，養不了多久估計就得離家出走。畢竟，這個世界上像李元霸那樣自己找主人然後賴在那裡的貓並不多，當然，爵爺在某種程度上也算一個奇葩。

一邊想著，鄭歎往平時常走的那條路走過去。這條路與出校門的時候有點不同，在一個岔路口分開，出校門的時候走一條，回來的時候走另一條，因為從外面閒晃回來，若是中午的話，鄭歎並不會直接回東社區。

每次中午從外面回來，鄭歎都從國際學術會議廳那邊經過，因為在國際學術會議廳外面懸掛著一個發布公告的大螢幕，上面有時間顯示。學校裡面，不論是大學教學樓的時間表還是附小以及幼稚園的時間表，都和這個時間一樣，一分不差。所以，鄭歎看著這上面的顯示就能算準時間去附小那裡接小柚子了。

「喂，你去哪兒？！」二毛嚷道。

已經往東教職員社區那邊走了好幾步的二毛側頭的時候沒看到鄭歎，找了找才發現那隻貓並沒有走來時那條路，於是一個轉身，拎著手裡的袋子，跟著前面那隻黑貓往那邊走。

鄭歎沒理他，再說，鄭歎也回答不了。

衛稜跟二毛說過一些鄭歎的事情，但並沒有太詳細，所以二毛一時也想不透都快到午飯時間了，這貓幹嘛不回家，直到瞧見附小的大門，看到那隻黑貓跳上大門旁邊的圍牆上蹲著，才想起來：哦，這貓還要去接孩子。

反正二毛一時也沒事情，午飯也沒準備吃，剛才在那條街上吃的東西已經夠多了，而且袋子裡還有些食物，不用再買便當。

周圍有一些住在附近的家長過來接孩子，大多都對鄭歎很熟悉了，還主動打招呼。鄭歎沒理那些人，反正他現在只是一隻貓，不回應也不會被認為沒禮貌。

放學鈴聲響了之後，中午要回家的孩子們一個個往外跑，小柚子看到鄭歎之後小跑過來，看了眼旁邊的二毛，便跟鄭歎一起等在門口。

二毛覺得奇怪，這還要等誰？

六、七分鐘後，焦威跑了過來。

「抱歉啊，最後一節課拖了點時間。」焦威對小柚子說道，然後看向旁邊站著的二毛，這周圍也沒其他家長了，而且二毛看著眼生。既然不認識，焦威也沒準備主動說話，帶著小柚子往校門外走。

「哎，你們去哪兒啊？」二毛跟上去問道。

焦威疑惑地看向二毛，這人誰啊？又看了看小柚子。他見小柚子也一副疑惑的表情，不像是見到熟人的樣子。

「你是？」焦威問道。

「我住在她家樓下的樓下，三樓，剛搬來的。我姓王。」二毛很正經地介紹了一下自己，想了想，又指著旁邊蹲圍牆上看戲的黑貓道：「我跟這傢伙比較熟。」

鄭歎扯了扯耳朵。熟個屁！

沒想，焦威一臉的恍然，哦了一聲，「原來是認識的。」

別說焦威，小柚子對二毛的防備也少了點，這讓二毛更驚訝了，沒想到拉關係拉到一隻貓身上，效果會這麼好。這貓比人的面子還大啊！

焦威也簡單介紹了一下自己，然後笑著對二毛道：「王哥，一起去吧，午飯我請，別客氣，我家自己的店，你要是覺得對胃口，下次可以再過去關照。」

二毛還真沒客氣，「那行，我先去踩踩點。」

中午吃飯的時候，二毛跟焦威聊天，聊著聊著就提到了衛稜。

「原來是稜哥的朋友，失敬失敬！」焦威把以前的事情說了一下，「當時還是託黑碳的福，找稜哥幫的忙，不然我家這餐館也不會開得這麼順。」

二毛心裡嘀咕，難怪總覺得這小子看那黑貓的時候眼神不對，完全不像是看寵物的樣子，原來還出過這種事。

想到這裡，二毛手一揮，「這算啥啊，衛稜是我師兄，他也不常在這邊，我幫你，到時候你有什麼麻煩叫上我，打架撐場面我都在行！」

焦威扯了扯嘴角：「呵呵。」

離開小餐館的時候，二毛將手裡買的一些小吃食留了兩包在店裡，焦威他爸媽雖然來這邊大半年了，但那條老街也就去過不到三次，不可能經常有時間往那邊走，有些吃食還真沒吃過。

下午，送小柚子上學之後，鄭歎回到家就打開電腦，輸入密碼，開始上網。保險起見，鄭歎還將房門鎖了。

逛了一會兒網頁看了些各類八卦之後，鄭歎登入那個寵物論壇。

原本鄭歎是想看看那個轉載自己拍的圖片廣告的帖子滿足一下虛榮心的，但打開之後發現，最熱的帖子是關於近期一個虐貓事件。

帖子上放了一些圖，一個二十歲左右的在校大學生，在他的旁邊有一隻貓躺在地上，貓的眼睛還在流血，身上也有多處傷痕。而下面幾張圖片全都是關於這個學生還有地上那隻死去的貓的，有近距離拍攝，還有各種角度的，看得鄭歎背脊發涼，像在看恐怖片。

如果鄭歎還是人，這種圖片不至於讓他有這種感覺，但現在他是一隻貓，經歷過貓販子、經歷過貓肉館，這體會實在是太深了，再聯繫到這些圖片，視覺和心理的衝擊比較大。之前那個紋身男摔小貓的場面也沒這麼血腥。

圖片上那個學生看著並不像電視上那些大奸大惡的人，鄭歎繼續往下看了看關於這個學生的介紹，他就讀一所全國知名的大學，屬於高材生，父親是大老闆，母親也是高階管理人員。名校、高材生、虐貓，這些詞語連在一起看上去很不協調，但這就是事實。而且，死在這個學生手裡的貓已經有十來隻，或許更多，那個學生說他自己也記不清了。

鄭歎從不知道，原來虐待動物的人除了那些跟紋身男一樣的渣之外，還會有這樣的高材生。沒再繼續看那些影響心情的圖片，鄭歎往下翻網友們的回帖。

「我艸，真尼瑪殘忍！還高材生呢！」

「人品跟學歷沒一毛錢的關係！」

「拉出去槍斃一百次！」

「現在除了要防貓販子之外，還要防那些惡意收養的人。別好心辦壞事，把貓託付給了那些甜言蜜語亂許諾卻說話像放屁的衣冠禽獸，到時後悔都來不及。」

「最近突然發現我家附近的貓變少了，之前還以為又有貓販子……會不會是哪個變態抓去虐待了？！」

「哪來那麼多變態，別自己嚇自己。最主要的就是管好自家的貓，尤其是那些放養的，得多注意了。」

從以前作為人的角度來看，鄭歎肯定不會在意這件事情，以當年鄭歎的性格，這種破事他壓根懶得理會，更別說在網上跟人爭論了。

但現在，這種心情很複雜。

ＩＤ叫「暴躁的貓」的網友評論道：「成長原因。父親的漠視，新時代事業型女性的母親也沒時間去關懷，從心理學的角度看，在家庭關係中，冷漠比暴打更糟糕，說明你的存在沒價值。孩子在被漠視的過程中，很容易學會忽視別人的感情。」

ＩＤ為「喵法師小艾」的網友評論：「有些人在外面和家裡給人的感覺差異很大，外表看表現為被動和服從，內心卻充滿敵意和攻擊性。在上司眼前討好、迎合，而將自己的真實感受壓抑下去，所以內心的衝突和矛盾非常強烈。當他們面對弱勢群體使用暴力或者其他極端手段施虐的時候，並不單一表示他們對施暴或者施虐對象的表現不滿意，而是多重壓力和憤怒疊加在一起而產生的行為……」

這種算是比較理性分析的。越往後看，吵得越激烈。

鄭歎往後翻了兩頁。

「這他媽就不能積點德嗎？」

「跟禽獸說什麼積德，德早就敗光透支了。」

「大家冷靜點。」

「你家的貓被挖眼珠子被打被虐致死，你能忍？！」

「這些不都是流浪貓嗎？」

「流浪貓就能亂殺了？不算亂殺無辜了？他就沒錯了？」

「至少法律上他沒事。」

「可憐的流浪貓。」

「我們不能像虐貓一樣虐人。既然他決定悔改，大家應該給他一個機會，而不是給他製造壓力，帶動社會群體來排斥責罵他，這樣會毀了他的。」

「真他媽好笑，他說改就一定改嗎？有句話說得好，狗改不了吃屎！」

「樓上的，黑我大汪星人！」

帖子很快被刷到十頁，鄭歎大略看了下後面幾頁的帖子，這後面開罵筆戰的帖子可不那麼文雅了，連祖宗都開始問候。

一部分人屬於強烈譴責的，既然法律不能制裁，就用社會道德和輿論導向去施壓。另一部分人覺得虐貓而已，又不是殺人，既然那學生認錯決定悔改了，大家就原諒他，何必為了幾隻貓去毀掉一個人。

當然，在貓區論壇裡面，前面那類人比較多，後面那類人大部分其實並不是貓區論壇的，而是從其他區過來發言。

鄭歎看著那些回帖，想到了那隻窩在紙盒子裡身上還帶著傷的黑白花貓。或許，牠也被虐待過，只是牠比較幸運，至少還活著。

其實鄭歎清楚，甭管現在吵成啥樣，對人和對貓的標準永遠不同，這是必然的，等過了幾年之後，精英依舊是精英，而那些被虐待的貓早已不在。

種族觀念來講，社會對人總是更寬容的，尤其是那些少年得志、事業有成、風光無限的人，到最後依舊生活在眾星捧月的華麗世界。如果鄭歎還是人，他肯定不會想這麼多；但現在身為貓，他心裡堵得慌。

等回過神後，鄭歎刷新了一下網頁，發現這篇帖子的回覆數已經到十五頁了，罵戰依舊，繼續升級。

想了想，鄭歎抬爪子抱著滑鼠拖動，點了回覆，一個鍵一個鍵地按下去，輸入了一句話——

「作為一隻貓，我感到很悲哀。」

在貓區論壇裡，經常以貓自居開玩笑的人很多，所以鄭歎回的這句話，其他網友並沒有覺得有什麼特別之處，而且鄭歎這句話很快就被一條條吵架的回帖淹沒了。就算有誰翻帖的時候看到這句，也不會對這句看上去沒什麼內涵的話有多少印象。

鄭歎也沒打算要從其他人那裡得到什麼回應，關電腦趴陽臺那裡睡覺去。

◆◇◆◇◆◇◆◇◆

一天後，鄭歎再次打開論壇的時候，那篇帖子已經被刪掉了，討論區有很多衍生帖子，大略看了一下，鄭歎沒心情再去往下看了。趁著時間尚早，他準備去看看那隻黑白花貓。

今天沒有二毛跟著，鄭歎自在了很多。

路過那個盒子所在的地方時，鄭歎並沒有看到那隻黑白花貓，二毛放在這裡的那個便當已經吃完，盒子前面的紙碗裡也有一些周圍人給的剩飯，飯裡能看到很多魚刺，都是吃剩下的魚骨頭。因為天氣的關係，紙碗裡有一股餿味。

仔細看了周圍一眼，確認沒見到那隻黑白花貓之後，鄭歎往那條小巷子跑過去。

巷子裡，那棵樹上並沒有那隻黑白花貓的身影，旁邊那棟房子二樓的窗戶依然是緊閉著的，看上去沒有什麼特殊的地方。

靠近那棟房子，鄭歎支著耳朵聽了聽，沒聽到房子裡面有聲響，也沒有人的說話聲，看上去和周圍的住宅一樣。而這個時間點，上班上學的都不在家，顯得安靜許多，只有那些麻雀在嘰嘰喳喳叫著。

沒什麼收穫，鄭歎準備跳下樹離開，剛走了兩步，他猛地回頭看向不遠處那些圍牆上蹦踏著的麻雀。

——太多了。

仔細觀察之下鄭歎才發現，不知什麼時候，這周圍的麻雀確實多了很多。

麻雀在城市裡很常見，尤其是有著大片綠化樹林地帶的學校周邊區域。

鄭歎在這條街上走了大半年，對這條街的瞭解，不說瞭若指掌，但一些現象還是很清楚的。比如這一帶的貓原本有很多，基本上是放養，而貓多的結果就是鳥少，鄭歎還見過好幾次周圍的貓捕捉麻雀的情形。

以前並沒有在這一帶看到這麼多麻雀，現在這些麻雀看上去還挺悠閒的，他再想想這段時間自己出來溜達的時候的確也沒見到多少貓。

冬天過完了，反觀楚華大學那邊晚上活躍的貓可不少。

這區的居民也可能會想，剛過完年，估計貓都被套貓的人套走了，畢竟以前一到過年就丟貓嚴重。

不過別人不知道，鄭歎自己很清楚，自從自己那次被貓販子抓走之後，衛稜、葉昊、方邵康等人都出手干預了，在楚華市雖不能說完全沒有套貓的人，但相比起過去幾年來說要少多了。

難道就這麼巧，貓販子在這一帶下手了？

鄭歎回想起逛論壇的時候看到的那些回帖。附近的貓突然少了，可能性有很多，但鄭歎不希望是猜測的那個。

他抬頭看了看那棟房子，為什麼那隻黑白花貓要一直盯著那棟房子？好奇？還是仇恨？

想不出答案，鄭歎打算自己去找。

跳上圍牆，鄭歎看了看那邊的布局。

房子的側面對著圍牆，大門緊閉。這棟房子有個小院，目測大約兩坪多，近三分之二的地方都是比地面高出一些的花壇。

花壇裡沒什麼花，很多地方的泥土都被翻起過，唯一沒動的地方只有正中間那棵兩公尺高的不知道是什麼品種的樹。只不過，那棵樹樹枝光禿禿的，到這個時候一點都沒有冒芽的趨勢，不見一點綠色，也不知道是死是活。

房子的後門緊閉，狹小的院子裡有股很奇怪的氣味。

鄭歎嗅了嗅，說不出是啥，但感覺很不好。

從圍牆上跳下去，落地點不在花壇上，這個花壇總讓鄭歎有種毛毛的感覺。

明明氣溫已經回升，天氣晴朗，難得能夠見到湛藍的天空，給人的印象本該是清新爽快的，可鄭歎站在院子裡，總覺得有些寒意。

陣陣微風吹過，在院子裡形成一個漩渦，地面上不知道從哪裡飄過來的薄薄的塑膠紙片被風拖起飄著轉了一圈又降落。

鄭歎身上立起的一些毛也被吹過的風撫動，和平日裡曬太陽的那種閒適悠哉截然不同，鄭歎反而感覺每一根毛透過皮下的神經傳遞的細微感覺都是涼颼颼的。

圍牆上突然發出的一聲輕響將鄭歎嚇了一跳，扭頭看過去，發現是那隻黑白花貓。

見到鄭歎在這裡，那隻貓也驚訝，在圍牆上面猶豫了一下才跳下來。和鄭歎不同，牠的落腳點就在那個花壇上。

見到那隻黑白花貓警惕地盯著自己，鄭歎往後退了幾步，他可沒打算跟這隻貓在這裡打架。

可能是覺得鄭歎沒有威脅了，那隻花貓看了鄭歎幾眼之後便在花壇上到處嗅了嗅，找到一處，然後開始動爪子刨土。

——裡面埋了什麼？

鄭歎好奇。

但直覺告訴鄭歎，泥土下面絕對不會是什麼美好的場景。

可能埋得有些深，好在這花壇的土並沒有踩實，那隻花貓刨了大概五分鐘之後，停了一下，在那裡嗅了嗅，然後繼續刨。

周圍也沒有什麼能讓鄭歎站在上面去看花壇裡的情形，反正周圍也沒人注意，於是鄭歎立起身，用兩條後腿支撐著。

花壇裡被那隻花貓刨了個坑，在那個坑裡面，鄭歎見到了一隻露出來的貓腳掌，其餘部分還埋在土裡。雖然有泥土黏在上面，但鄭歎還是能夠看到腳掌上面縱橫交錯的一些黑色的線條，像是燒焦了一樣。

那隻花貓還在刨土，鄭歎不想再看下去，他能夠確定這裡面埋著的絕對不只一隻貓。

有時候，貓比狗要記仇得多。

鄭歎不知道花壇的土下面埋著的貓與那隻花貓有什麼關係，但這仇，花貓是記下了，不然不會蹲樹上盯半天。那個時候，鄭歎看不到那隻貓蹲樹上盯著房子的眼神，可能是仇視，也可能是其他。

沒再去看花壇那邊，鄭歎跳上房子後門那裡的窗戶。

窗戶依舊關著，裡面是廚房。鄭歎站在窗臺上，視線穿過透明的玻璃窗，看到了裡面地上放著的一個東西，那東西鄭歎很熟悉，每次看到那玩意兒，鄭歎就相當火大。

——靠！捕貓籠！

一見到捕貓籠，鄭歎就會回想起自己那次並不怎麼愉快的經歷。

捕貓籠並不難做，對捕鼠籠熟悉的人都能自己動手做一個。但是，在潔淨的廚房裡面突然看到一個捕貓籠，看著就有些違和感。

為什麼一個看似精英的人家裡會有這種東西？

這一切已經讓鄭歎確定，那個潑咖啡的傢伙，果然不是什麼好東西！

後院這邊，窗子被關得很好，通風處有鐵絲網攔著，除這之外，一樓其他地方的窗戶基本上都有防盜網，鄭歎找不到能進去的地方。

既然一樓沒機會，那就在二樓找找。跳上圍牆，鄭歎沿著這周圍走了走，終於發現靠圍牆的這邊有扇開著的小窗子，玻璃窗拉開了一半，另一半被紗窗攔著，不過，紗窗只是攔蟲子的，貓可攔不住。

鄭歎估算了一下圍牆到那邊的距離，踮踮前掌，蹬後腿跳過去。

翻牆、翻窗戶這種技術，鄭歎已經爐火純青，所以這一跳鄭歎信心十足。只是……小窗子那邊看著挺普通，但當鄭歎將爪子搭在上面的時候卻發現，這裡打滑！

要不是反應快，他在牆面上蹬了幾下後腿，前爪也勾住紗窗上的金屬網的話，還真有可能掉下去。

從二樓掉下去對貓來說並不算什麼，但關鍵在於，房子和圍牆相隔的這點空隙的下面是一條排水溝。原本在水溝上方是有一些石板遮擋著的，可正對著這扇窗戶的那塊石板卻沒有在它該待的地方，而是不知道被誰挪到旁邊去了。

爬上狹窄的窗臺、勾著紗窗站穩，鄭歎看著下方的排水溝，心裡暗罵那個將石板挪開的人。

好險！差點掉下去，雖然從二樓掉下去也沒什麼事，但掉進排水溝裡估計會濕身，而且還都是臭水，可能還有誰往裡頭撒尿吐痰什麼的。

將視線移回來，鄭歎再次看了看這個狹窄的窗臺。

和看上去的不同，這窗臺上又鋪了一層光滑的硬質材料，還帶著點往下傾斜的弧度，貓爪子釘在上面也容易打滑，好在鄭歎的爪子稍微硬了些，爪力也強些，才有機會爬上去，不然早滑下去了。

拉開紗窗，鄭歎往裡瞧了瞧。

這裡是洗手間，在這個時期也算是現代化的裝修了，而且很乾淨，這讓鄭歎懷疑屋主是不是有潔癖。

來到洗手間的門旁邊，鄭歎仔細聽了聽門那邊的動靜，沒聽到有腳步聲和說話聲。跳起來撥動洗手間的門把，鄭歎走了出去。

知道這屋主虐貓，鄭歎也得小心謹慎些，別像剛才跳窗戶的時候那樣大意。

屋子裡收拾得還算整潔，這個人的生活和當初那個紋身男是明顯不同的。

沒發現周圍有監視器之類的東西，客廳一目了然，三個房間，可惜每一個房間都鎖著，鄭歎根本進不去。轉了一圈也沒發現什麼，鄭歎按照原路線返回。

院子裡，那隻花貓已經不在那裡了，花壇上刨出來的坑也重新填過。可畢竟牠只是一隻貓，不同於鄭歎，也做不到更細緻的程度，很多地方只是填了一層土而已，坑還是能看出來。於是鄭歎幫著填平了。

◆◇◆◇◆◇◆◇◆

回到楚華大學，一切照舊，下午送小柚子去學校之後，鄭歎準備回家上網，看點小電影。

「哎，黑碳，看到你真是太高興了，幫忙開一下門，我忘記帶鑰匙了！」

二毛手裡拎著便當和幾個袋子，站在樓下的門那裡，這時候也沒見到樓裡有其他的人進出，只等來了鄭歎。

由於沒打算出遠門閒晃，鄭歎脖子上掛著的貓牌也沒藏樹上。他鄙視地看了眼這位才吃今天第一餐的人，跳起來刷了電子感應卡，然後在二毛前面上樓。剛過三樓，鄭歎突然想到，二毛這傢伙連電子感應卡都沒帶，那麼門鑰匙有帶嗎？

於是，已經走到三樓與四樓中間拐彎處的鄭歎停了下來，看向後方。

只見門前的二毛將手裡的東西放旁邊，掏了掏口袋，沒有掏出鑰匙，而是拿出一個鐵圈。鐵圈並不是閉合的，而是由一根鐵絲繞成，二毛將那根鐵絲掰了掰，掰成交叉狀插入鎖眼。

鄭歎震驚。

——撬鎖？

——臥槽！

——這傢伙居然還有這技術！

外面的鐵門沒上鎖，只有木板門有鎖。而木板門上的這種相對普通的鎖，對於二毛來說簡直沒有半點兒挑戰性。

二毛究竟用了多長時間來開鎖，鄭歎不知道，他只是覺得還沒看出個所以然來，門就開了，鎖則完好無缺。

以前只聽說過什麼萬能鑰匙之類的東西，這是鄭歎第一次親眼見到有人用一根鐵絲開門，在此之前，鄭歎以為這些東西只存在於傳說中。

高手在民間，這話說得一點都不錯。

二毛出去購物買的東西很多，餅乾、泡麵類的有，魚丸、蝦餃等冷凍食品也買了一大袋子，這傢伙進廚房除了煮麵泡麵就是煮水餃，其他的不怎麼在行也懶得去做。

打開門之後，二毛先將沒封口的一些散裝食物拿進去，東西太多，一放下來之後就散亂了，不好一次拿，反正在自家門口，二毛也不怕誰拎走。

「喂，拿開你的貓爪子！別拆我東西啊！」

放話之後，二毛拎著東西進去。

鄭歎扯了扯耳朵，嗅了嗅印著超市名字的塑膠袋，二毛越說不准碰，鄭歎越是要碰，他撥開塑膠袋將裡面兩袋魚丸翻動了一下，太冰，所以對裡面的那些東西也提不起興趣。

鄭歎不再去注意袋子裡的東西，走進屋裡，看著二毛將第一批東西放好之後出門拎剩下的，就在這時候，鄭歎跳起來推門。

「砰！」

門關上了。

被關在門外的二毛愣了愣。

「我艸！」

想爆粗口又怕吵到隔壁蘭教授他們，二毛低聲罵了兩句，放下手裡的袋子，改掏鐵絲開門。

鄭歎看著客廳懸掛著的鐘，數著二毛開鎖的時間。

從門關上到二毛再次用鐵絲打開門，總共十秒不到的時間，也就是說，他用來開鎖的時間更短，估計五秒不到。

看來二毛是個慣犯，這技術相當純熟啊！

二毛拎著袋子罵罵咧咧地進來，鄭歎對他的話充耳不聞。開鎖這技術，鄭歎很想學，只是貓爪子畢竟差很多，不靈活，開鎖難度相當之大。

等二毛整理好一切坐在客廳裡一邊看電視、一邊吃便當的時候，鄭歎就蹲在旁邊的椅子上盯著二毛裝鐵絲的口袋，琢磨著怎麼把二毛這傢伙糊弄過去幫忙。

被這麼一直盯著，二毛也很難無視，眼前這貓對自己碗裡的東西也沒表現出想吃的意思，要是想吃的話早就開始叫喚了吧？

「你在看什麼？」二毛嚼著飯，一顆飯粒還黏在下巴上，「這個？」

順著鄭歎的視線，二毛從自己口袋裡掏出那根鐵絲，鐵絲已經繞成圈放著了。估計是找到個炫耀對象，二毛頓時有些得意。

「怎麼，對我開鎖的技術很崇拜嗎？嘿，這種門鎖一根鐵絲就能搞定……」

二毛吧啦吧啦吧啦吹了一通，唾沫星子直飛，鄭歎嫌棄的往後退了幾步避開。

「聽過錫箔紙開鎖嗎？以前有人說一張錫箔紙能打開整個社區的鎖，雖然略顯誇張了些，但錫箔紙確實是個不錯的道具。而且，不同的鎖即使看上去長得很像，但可能需要截然不同的工具去開。喏！」二毛從外套內側的一個口袋裡拿出一個皮質的小袋子，「嘿，這是我的百寶袋，有了這玩意兒，不說這學校裡全部的門鎖，但大部分的鎖還是能夠打開的，電子鎖除外。」

鄭歎剛在心裡感慨原來這傢伙也不是什麼鎖都萬能，下一刻二毛又加了句——

「開電子鎖的『道具』有另外的一套，可惜沒帶過來。」

鄭歎：「……」

——衛稜的這位師弟到底都做過些什麼啊？會不會有什麼特殊紀錄檔案之類的？以後讓焦家的人離這傢伙遠點！

不知道二毛是從哪裡學到這些技術，但不得不承認，從某方面來講，這傢伙也是個人才，只是這種人才不好作為榜樣，更容易被打上「壞人」的標籤。不過對於鄭歎來說，壞人不壞人，評價的標準沒有絕對性，能幫自己的忙就是好人。

二毛吃完飯之後準備躺床上睡一覺，可是剛躺下就被鄭歎抓著衣袖往外拖，羊絨毛衣被勾起幾個線圈。

「我警告你，別太過分啊！」說完，二毛用被子將自己整個罩住。

鄭歎看了看周圍，地上有個空的礦泉水瓶，沒蓋瓶蓋。

「喀喀卡彭喀喀……」

一陣踩塑膠瓶的噪音響起。

鄭歎站在塑膠瓶上跳跳踩踩，聲音怎麼響怎麼來。

「真是夠了！」

掀開被子，二毛臉色很不好地看向鄭歎。然後，他發現這隻黑貓盯著自己的外套。

從口袋裡掏出那個鐵圈往鄭歎那邊扔過去，二毛準備躺回床上繼續醞釀睡意。剛爬上床，二毛撓著頭髮的手突然一頓，想到了什麼，轉身看向蹲塑膠瓶旁邊的黑貓道：「你要開鎖？」

鄭歎盯著他，心想：這時候是不是該點一下頭？

「YES的話豎著甩尾巴，NO的話橫著甩尾巴！」二毛接著道。

鄭歎豎著動了動尾巴，不過，總感覺二毛這句話說起來太溜了，像是經常說這話似的，張嘴就來，有點理所當然的感覺。這不太正常。正常人哪會直接對一隻貓說這種話，他跟鄭歎也不熟悉，要是焦爸或者衛稜、方邵康他們說這話還可以理解。

得到肯定的答覆，二毛一個挺身坐起，頓時精神抖擻，問道：「去撬誰家的門？最好別是這社區裡的，不然下次見面大家多尷尬……哦，最好有點挑戰難度！不然開起來沒意思。」

鄭歎：「……」天殺的這傢伙好積極！

二毛快速穿戴好，出門前還對著鏡子撚了撚頭髮，搞個造型，最後搓搓手，「OK！出發！」

第七章

月光下，群貓嚎

鄭歎在前面帶路，二毛跟在後面。不知道是不是鄭歎多想了，總覺得二毛這時候好像特別有精神，比之前見到的幾次都要充滿活力。

路過那個紙盒子所在地方的時候，那隻黑白花貓正蹲在旁邊吃飯。察覺到鄭歎和二毛的靠近，那隻花貓抬頭看了他們一眼，就繼續吃自己的。氣溫升高之後，一些飯菜很容易就餿了，不過和上午的不同，碗裡又倒了新鮮的飯菜，依然是剩飯，但相對來說還比較新鮮。魚頭被挑揀著吃完，然後是飯，魚刺被甩在旁邊。

沒打擾牠吃飯，鄭歎看了一下就走了。

帶著二毛來到那條小巷子的樹下，鄭歎看了看緊閉著的窗戶，跳上樹，爬高些瞧圍牆那邊的情形。依然和上午的情況差不多，看來那個男人中午並沒有回家。

「原來是這家啊，你還記仇呢？！」二毛將鄭歎的行為理解為上次的潑咖啡之仇。

鄭歎跳上圍牆，走到那個小院子處，二毛在外面跟著他走動，並時不時注意周圍。好在這個時間點附近居民外出的也不多。

跟著鄭歎翻牆，二毛在院子裡落腳，並沒有踩在花壇上，而是選擇了一個相對乾淨的地方，這樣鞋子不會沾上泥巴，進屋的時候也不容易留下腳印。

屋子後門的門鎖比東教職員社區那邊老房子的門鎖稍微複雜點，不過二毛帶了工具，很快就打開了門。

一樓的布置相對簡單一些，沒有二樓那麼多房間，還有一個健身房，能夠買得起這些器材的人，在這一帶也算條件很不錯的了。廚房裡放著的捕貓籠，二毛也看到了，只是皺了下眉，沒說什麼，至於他心裡怎麼想的，鄭歎也無法知道。

來到二樓，那關閉的三間房門先開哪個鄭歎覺得無所謂，既然那男的虐貓，一樓除了捕貓籠之外沒發現其他可疑物品，那就肯定在二樓鎖著的這三間房裡，只等著二毛的表現了。

二毛一點都沒有非法進入他人屋子的緊張感，同時也沒有之前來的時候那種興奮和活躍，瞧著相當淡定，舉止很自然。

二毛並沒有立刻拿工具開門，而是先在二樓大致轉了一圈，然後挨個看了下房門。

「這個應該是臥房，這個是書房，至於這個……不知道，那就先開這個吧，這間房的門鎖也複雜一些，應該會給我們一個驚喜。」

鄭歎不知道二毛是如何判定哪個房間做什麼用的，但瞧著挺專業。

雖然這個房間的門鎖複雜了點，但二毛是有備而來，也沒費太長的時間。搞定門鎖之後，二毛將門推開一條縫隙，看向裡面。

這扇門有些厚，鄭歎感覺這都能放外面作為防盜門了，在這裡卻只是一個房間的房門。

確定裡面沒人之後，二毛將門打開，走進去。

房間裡的隔音效果應該很好，外面麻雀的喳喳聲一點都聽不到，房間裡一目了然，一邊放了一張辦公桌，桌上只有一些簡單的布置。而與這張辦公桌相對著的……

二毛走過去撥開擋著的布簾子，露出被遮擋的物體——長一點五公尺左右、寬接近一公尺、高度近兩公尺，一面透明，面向辦公桌那邊有層鋼化玻璃，坐在辦公桌前的人能夠清楚看到這物體裡面的情形。

乍一看去，鄭歎不知道這東西到底是做什麼用的，甚至還以為是什麼浴室之類的，但看到二毛的表情不太對勁，鄭歎爬上二毛的肩膀站著看過去。

「這玩意兒我小時候在電視上看到過，這個只是簡化了些而已。不過，還真沒想到這地方有人在自家家裡做這種東西。」二毛沉聲道，「有一道菜，叫烤鴨掌，就是將活鴨放在微熱的鐵板之上，然後將塗著調料的鐵板加溫，鴨子因為熱而在鐵板走動跳動。最後鴨掌燒好了，鴨子卻還活著……這是個類似的東西。」

鄭歎的視線穿過透明的鋼化玻璃，停留在那物體底部的一層金屬網上。原來，那些貓腳掌上的灼傷是這麼來的。

二毛往房間裡看了一圈，然後走到窗戶那邊。房間裡的窗戶似乎很久都沒有打開過，厚厚的窗簾布將外面的光遮擋得嚴嚴實實。找了個合適的地方，二毛掏出一個只有半截小拇指大小的微型監視器裝了上去。

鄭歎耳朵往後拉了拉，心裡感慨：二毛的裝備可真多！

安裝好監視器之後，鄭歎和二毛離開房間，接著去開另外的兩間房。

第一個房間給鄭歎的感覺：驚喜沒有，驚嚇倒是來得相當猛烈。一想到二毛說的烤鴨掌，他就不寒而慄。

另兩間房——臥房和書房的窗簾都遮得好好的，臥房裡有一些工作方面的文件，還有幾個鎖著的櫃子，估計那裡面有存摺等物品，二毛對這個沒多大興趣。至於書房那邊，有一臺桌上型電腦，設置密碼了，二毛還沒那麼強的技術，相關的一些工具也沒帶，不過二毛在書架上不顯眼的地方也放了一個監視器。

「這個人，不是太謹慎就是內心膽小，他不敢讓人知道自己在做的事情，連窗簾都遮得那麼好，又或者是本身就心理陰暗。」二毛嘟囔道。

鄭歎並沒有在這兩個房間裡聞到貓的氣味，或許是噴灑的空氣清新劑掩蓋了。

等二毛安裝好監視器之後，一人一貓清理了一些痕跡便準備離開。

出後門的時候，那隻黑白花貓正蹲在圍牆上看著鄭歎和二毛，倒是沒有多少警惕之色，更多的只是好奇。對於二毛，牠還多了點親近的意思，牠記得這人給過食物，食物還很好吃。

回到東教職員社區，二毛前腳進屋，鄭歎後腳就擠進去了，他想看看二毛接下來的行動。可惜二毛沒打算讓鄭歎旁觀。

二毛驅趕了兩下，被鄭歎無視。見鄭歎壓根就沒有想走的意思，二毛關上門，拖過一把椅子坐下，視線跟站在桌子上的鄭歎幾乎齊平。

「我說，黑煤炭吶，我們國家動物保護法規不完善，也沒有明確的法律不准殺貓，不然你以為那些貓肉館、狗肉館的為什麼能大打招牌還生意興隆？不過，殺貓與虐貓不同。對虐貓虐狗的人，唯一的辦法就是譴責。當然，如果譴責有用的話，你們貓的生活層級估計會提升一個等級，可惜沒用。」

二毛做了個很無奈的手勢，「不過，這年頭，兒子比拚爹，寵物比拚主人。你貓爹要是能提升影響力的話，你就能到處得意了。」

這些話二毛像是在對鄭歎解釋，又像是在說服自己。

「喏，你看現在，就我們見過的那傢伙，你去告也難有結果，就算你把他扔警局，他照樣能好好的出來，頂多受點不痛不癢的懲罰。真要論法律的話，我這樣撬鎖的比他殺貓虐貓還嚴重。而且不說全國，就算是在楚華市，也絕對不只這麼一個虐貓的人，或許還有更多的人採取的手段也更激烈，那些人你我都不知道。不過，總得製造些壓力讓他們收斂收斂。」

「幾年後或許會有相關法律，但就目前情況而言，因無法可依，執法部門也無法介入，而主力軍只有民間團體，所以還是想點其他辦法讓他不得安寧，最好能鬧大一點引起社會重視。」二毛一本正經的說著，「就像我爺爺說的，群眾的眼睛是雪亮的，群眾的力量也是無窮的。要相信群眾，依靠群眾。」

如果二毛他爺爺知道二毛將這句話用在這種情境下，不知道會是個什麼想法。

見桌子上的黑貓微微歪著頭、垂著眼皮似乎在思考，二毛抬手推了推，「先回去吧，這事我來處理。快走快走，我要睡覺了，別想在我床邊踩塑膠瓶！」

鄭歎被推下桌子，趕出門後，還蹲門口繼續想剛才沒想完的事情，琢磨完之後才上樓。

二毛到底做了什麼，鄭歎一直很好奇，可惜再次下樓上樓的時候都沒碰著二毛，鄭歎也沒開鎖這技術，只有等。

第二天，鄭歎趁家裡沒人，上網逛論壇的時候看到首頁有個熱帖，是貓區那邊的，因為討論太過火熱而被頂上了首頁，鄭歎點進去瞧了瞧。

帖子的標題不長——「又見虐貓人渣！」

發帖人是一個ＩＤ名為「好名字都被貓取了」的傢伙。

圖文並茂，詳細並極富感情色彩地描述了所見所聞所感，事情描述清晰，渲染得夠強烈，再加上那些圖片，這帖不吵到爆都不可能，再加上前段時間才出現個虐貓的高材生，這時候又出現一個虐貓的「社會精英」，火上澆油。

帖子裡的圖都是鄭歎熟悉的，熟悉的花壇、熟悉的那個帶著灼傷和泥土的貓腳掌、熟悉的那個物體……只有裡面那個人是被打了馬賽克的，具體名字也沒寫出來，只寫了姓氏，以Ｘ某的形式代替。

鄭歎的電腦技術不怎麼好，以前就只知道上網看片玩遊戲，其他的高階技術一點兒都沒學到，所以現在鄭歎不知道這位「好名字都被貓取了」的ＩＰ地址，只能看到這人的註冊時間。時間顯示是三年前註冊的，至於這位發帖人，不是二毛就是二毛認識的人。

往下繼續翻帖的時候，鄭歎發現又陸續有人爆出圖中這人的職業職務和住宅地址。要麼是聽朋友說的，要麼是透過某種管道瞭解的，還有人提到了《楚華早報》。

今年焦家並沒有訂《楚華早報》，鄭歎也不知道報紙上報導了些啥。不過，看那位網友說的，好像《楚華早報》也只是微微提了一下而已，不太具體，聽著像是一個邊角小新聞、引不起注意的那種。

——看來力度不強啊！又或者，二毛有後招？總覺得那傢伙做事不會就這麼簡單結束。

鄭歎往前翻了翻，仔細看看原帖。

帖子圖中有幾張是關於那個物體的。圖中，那個物體底部的金屬網通上了一定電壓的電，被關在裡面的貓高高跳起，當貓腳踩在金屬網上的時候，會爆出電火花。

圖中的貓，鄭歎見過，是那一帶住宅裡的其中一隻，不知道貓主人知道真相後會怎樣。

除了那些虐貓的證據圖之外，帖子還列舉了以前發生的一起因暴力護貓而獲刑的事例，告訴大家要「三思而後行」。至於這個「三思而後行」的度在哪裡，帖子裡一個字都沒有提，很多人已經心領神會開始琢磨著怎麼去打擦邊球了。

或許，這篇帖子只是個過渡而已。

在此之前，如果是照鄭歎自己的意思，肯定是直接點解決比較好，就像當初他嚇那個紋身男一樣。可現在……二毛想幹嘛？真要鬧大？

下午放學回來，鄭歎跟著小柚子上樓時，見到提著保溫飯盒回來的二毛，便停在三樓門口盯著，沒繼續跟著小柚子上樓。

「明早上帶你去看戲，別睡懶覺啊。」說完，二毛也不等鄭歎有所反應就砰的一聲關上門。

看戲？

果然有後招！

◆◇◆◇◆◇◆◇◆

次日，鄭歎早早起床，和平時一樣送小柚子上學。難得的，他下樓的時候看到打著哈欠的二毛，這傢伙一般都是直接睡到中午，這樣早起的時候還真不多。

送完小柚子之後，鄭歎跟著二毛往老街那邊走。

在那人住宅不遠處有一家米粉攤，二毛坐在那裡悠閒地吃了早餐，見到一位大媽踩著皮鞋嗒嗒往巷子裡走，二毛一抹嘴，對旁邊無聊甩著尾巴玩螞蟻的鄭歎道：「走！」

屋裡的那人穿戴整齊走出門，頭髮梳得一絲不苟還上了點髮膠，提著公事包出來的時候，恰好見到居委會的大媽臉色不善地朝他走過來。

那人心裡疑惑，上次見到這位大媽的時候是因為水廠檢修要停水一天，這次又是怎麼了？

不管心裡怎麼想，那人還是露出招牌式的微笑，正準備說聲早安，「早」字還沒說出來，就被眼前這位大媽噴了一臉口水。

「唉唷，作孽啊，這種事情你怎麼忍心做出來？真是知人知面不知心吶，你這人真是道德敗壞，嚴重影響了市容……」

鄭歎和二毛躲在不遠處看著那人被那位大媽指著鼻子罵。當然，畢竟是有職務在身的人，那位大媽罵人也罵得文雅了些，市井粗鄙的詞彙沒有，但是話語從心理健康到社會和諧，從對貓的傷害提升到對國家對人民的威脅，連說了十分鐘都沒停下。

有時候，這些大媽還挺可愛的。鄭歎心想。

隨著這位大媽之後，又來了幾個人，不過各個看上去像是記者，至於是哪家報社的記者，鄭歎就不得而知了。

那人似乎很不耐煩，看了看腕錶，推開擋在身邊的幾人，匆匆離開。

見二毛沒有要走的打算，鄭歎也繼續待在那裡看著。

很快，那屋子周圍聚集了一些人，因為有幾個大媽在那裡攔著，一些年輕人們也不好隨意亂闖，於是索性就在一旁等著。住在附近的一些鄰居們不明白發生了什麼事，以八卦的心態打聽了一下之後也震住了，他們家還有小孩子呢，這樣虐貓的人會不會以同樣的方法虐待小孩子誰也說不準，而且大家住得這麼近，想想都覺得心裡發寒。

「他是前兩年才搬來的，原來的屋主將房子賣給他，但我們跟他不熟，平時都不說話的！」

另外幾個附近的居民趕緊撇清，表示他們這裡住的人還是很好的人，與那個虐貓人不一樣。

往這邊過來的人越來越多，有很大一部分都是民間愛貓的團體，這條本來就不寬的巷子裡到處都是人，這其中也有記者。當然，有些人純屬湊熱鬧才過來的。

巷子另一頭的巷口停著一輛警車，兩個穿著警服的人靠著車門站著，剛才他們接到報警電話說這裡有人非法集會。可現在看這情形，瞭解緣由之後好像情況有些複雜啊。

靠前車門的那位警察嘆了口氣，道：「你先在這裡看著，我去買包菸。」

「我還想尿遁呢！」另一人翻了個白眼。

「那裡有我丈母娘，她老人家可喜歡貓了，沒見她現在正義憤填膺嗎？我不太會說話，惹她老人家不高興了形勢更嚴峻。兄弟，你就幫幫忙吧！」

「讓你老婆過來把她老人家領回去唄。」

「那還是算了，我老婆更喜歡貓，就她那脾氣，估計得讓我斃了那個虐貓人不可。」

另一位警察：「……」

最後，兩位警察還是沒能躲掉，因為那邊開始起衝突了，他們得過去調解。起因是有個路過的人說了句「不就是貓嘛，殺了也就殺了」，直接引發爭吵，這兩位警察要是不過去的話，那人估計會被群毆。

至於混在其中的記者，正忙著拍照，他們今天即便堵不到屋裡的那人，也有東西交差了。

一個住在附近的老先生背著手從巷子裡走出來，連連搖頭，低聲道：「該說那人沒腦子呢，還是說他不識時務，不會看場合？想說也只能放心裡說啊，也不看周圍都是些什麼人。」才剛說完，一見到站在不遠處的二毛之後，那老先生閉嘴，走人。

快中午的時候，鄭歎沒繼續在那裡盯著，回去吃飯，下午再出來看看。

回家之後鄭歎分析了一下，他猜想可能是二毛透過監視器知道了那臺電腦的密碼，拷貝裡面的虐貓影片檔案之後，便又返回去拆除了設在屋子裡的監視器，所以二毛這傢伙才一副有恃無恐的樣子，根本不怕那些記者以及其他相關人員進去檢查。同時也動用了一下手段，利用媒體、網路並誘導輿論，讓事情在短時間內就發展成這樣。

帖子上的截圖就是來源於那人電腦裡的影片檔案，這兩天那人應該還沒有再找貓下手。他每隔一段時間抓一隻洩憤，至於這個時間間隔，或許是幾天，或許兩、三週，或許是幾個月，就看他心裡的怨氣和憤怒積累到爆發的程度需要多久了。

那人一整天都沒回來，不過網路上已經有那人更詳細的資訊了，還有幾張多角度的清晰照，每天都有人去那人家門外砸雞蛋、潑油漆、貼標語，只是不知道那些人是處於什麼目的才去做這些事情的，可能是真的對此事憤怒，也可能有人想趁機起鬨。

很快，關於那人虐貓的新聞接連被《楚城晚報》、《楚城都市報》、《省報》等各大報紙報導出來，甚至還有一些比較權威的心理學家的分析言論。同時，有很多人藉此事情來顯示自己的存在感，或者藉機博取名利提高聲望。

甭管那些人是不是在做戲，是不是真心愛貓而抨擊虐貓事件，只要做出來的事情讓鄭歎和二毛滿意就行了。不管是哪行哪業的，無論男女老少，總有愛貓的人在，只要這件事被公眾所知，那個人就不能在楚華市繼續安穩地待下去，至少短期內如此。況且，聽說那人已經被不知名的某愛貓人士揍過了。

另一方面，這件事引發的社會熱議依舊沒有降溫，反而有越演越烈的趨勢。很多人覺得有些太突然了，匪夷所思，凡事總有個循序漸進吧？為什麼這事會突然成為關注的焦點？在他們看來，這事頗有些小題大做的嫌疑，不就是虐隻貓嗎？有什麼好炒作的？虐貓這事以前也發生過，怎麼就沒這次造成的轟動大？

原因是什麼？除了二毛這個推手之外，當然還有其他的因素在內。

如果只是這次單一事件的話，這個話題也不至於突然升溫得這麼快，可是前不久剛出了個虐貓的高材生，那時候還有位專家說這不過是社會上的極少數現象，大家不用緊抓不放。可結果，那事情過去還沒幾天，這次又爆出來了個虐貓白領，那位專家的臉頓時被抽得啪啪響啊！

並且這兩件虐貓事件時間離得這麼近，所謂一波未平一波又起，聲討也就更激烈了，貓友們的憤怒被很多人都低估了而已，就像當初有人暴力護貓一樣。很多人提出要趕緊制定相關的動物保護法，不能再讓這些人這麼猖狂下去。

第二個因素，就是二毛所說的殺貓和虐貓不同，其意所指的主要是社會的反應不同。

殺貓殺狗對很多人來說都是無所謂的事情，就像殺雞宰羊一樣，沒什麼好吵的，就算是殺野生動物，甚至殺野生的保育動物，其懲罰也就那樣，除了部分人之外，社會主體的反應不會很大，特別是對每時每刻都要為生活奔波的小老百姓來說，頂多算是飯後看個可以討論的話題新聞而已，就算是殺一隻一級保育動物，大多數人也不過是用一聲不太在意的「哦」來回應。

可是虐殺就不同了，而且當輿論將話題逐漸推向另一個方向，讓人們的關注重點不在貓而在人身上的時候，人們就不會只是一聲平淡的「哦」了，也不只是道德上的譴責，而是需要防患於未然。

什麼？虐貓傾向的人有可能會虐小孩嗎？！那不就是說以後還虐人？簡直禽獸！不，禽獸都不如！

人們不會允許周圍有這樣的人存在，即便是疑似虐貓虐狗，都是人們近期高度防備的對象。就連某個教育節目裡與家長互動的時候還有人提到過，誰會允許自家孩子的生活成長環境裡有這樣的危險因素在內？

那個高材生應該慶幸這時候有人來分擔他的壓力，分擔人們的罵聲。

◆◇◆◇◆◇◆◇◆

鄭歎這段時間在外面閒晃的時候，經常聽到人們在議論著周圍有誰比較可疑，尤其是那些無故踢打動物的，都是人們的重點觀察對象。

就連被阿黃噴了一輪子貓尿的車主都只是扭曲著臉深吸幾口氣平息怒意，忍下將這隻貓踹飛的衝動，然後開車走了，連罵都沒罵。大庭廣眾之下，又是「敏感時期」，還是先忍著吧，不然吼出來了，別人沒看到貓亂撒尿，只看到你吼罵貓踹貓，不用等明天，今晚那些外出串門子的大媽們就能讓你知道貓尿為什麼這樣臭。

看了看什麼都不知道、正立起來在樹幹上自顧自地磨爪子的阿黃，鄭歎打了個哈欠，準備找個地方補覺。最近想得太多了，而且白天上網時間太長，貓的睡眠時間本就比較多，鄭歎動著爪子算了算，確實睡眠不足。

正準備回社區那邊找樹睡覺，鄭歎被二毛叫住了。

「黑煤炭吶，晚上出去嗎？」往校門外走的二毛說道。

鄭歎看向二毛，這傢伙又在打什麼主意？

二毛笑得一臉不懷好意，「晚上八點，東社區後面那個側門見，到時候沒看到你的話，我就不等了啊！」

——晚上？

鄭歎隱隱覺得應該是關於那個虐貓人的，這幾天二毛只是利用媒體和輿論來達到一定目的，鄭歎一直覺得他還有下一步。

不管怎樣，只有等到晚上才能知道答案了。

晚上焦家三人都在，鄭歎也不怕小柚子獨自在家不安全，外出也放心。在焦家客廳的掛鐘指針指向七點四十的時候，鄭歎就往外跑了，到達側門外的時間不過十分鐘。

鄭歎蹲在沒有花壇攔著的人行道旁邊，看著來來往往的車輛。不遠處那個公車站有人下車，見到鄭歎，那些人還想逗逗，結果被鄭歎齜牙嚇跑了。今晚鄭歎可懶得跟這些人糾纏。

一輛看起來很普通的轎車駛過來停下，車窗打開，見到是二毛之後，鄭歎就從打開的副駕駛座車窗跳了進去。

一進去鄭歎就聞到熟悉的氣味，有那個虐貓人的，還有那隻花貓的。沒見到那人，只看到後座上蹲著那隻花貓，鄭歎疑惑地看向二毛。

二毛撇撇嘴，「我開車經過那裡，見到牠蹲在路邊就叫了一聲，然後就這樣了，牠進車的時候還到處嗅呢！一邊嗅一邊低吼。黑煤炭，你說，牠是不是知道我們要去修理那個傢伙？」

鄭歎看了看蹲在後座上垂著頭瞇著眼睛像是在打盹的花貓，還真搞不懂牠到底是啥意思。沒再說那隻花貓，二毛開車離開。

二毛開車和衛稜有些像，車裡開著廣播，嘴巴也閒不住：「那傢伙在後面，連車都換了，看來去找他聊天的人確實很多，我找到他的時候，他頭上還纏著紗布呢。」

原來是去綁人了。鄭歎心想，果然還有後招。

車往市區外開，一直開到郊區，基本上已經見不到高建築物了，車才停下來。

鄭歎看了外面的環境之後，第一個想法就是：二毛這傢伙是打算殺人棄屍！？

「乖啊，別亂跑，跑了我就不管你了。」二毛下車的時候說道。

這話鄭歎可不認為是在對自己說。後座上那隻花貓抬頭往外看了眼，然後微微張開嘴巴，懶洋洋的「喵」了一聲，還帶著剛睡醒時那種從鼻腔裡發出來的「嗯」聲，車窗打開也沒往外跳。

鄭歎跳出車看了看四周，這時候周圍的雜草還沒長起來，只有矮矮的一叢叢。遠處有零星的燈光，由於今晚的月亮比較接近圓形，月光不錯，周圍也不顯得很黑暗，朦朦朧朧的。

二毛從後車廂裡將人拖出來，看那一連串的動作，不像是生手，不知道做過多少次類似的事情。那人雙手被綁在背後，雙腳也被綁得很緊，嘴巴被封著，眼睛上蒙著一層布，看樣子有些昏昏沉沉的，意識並不清醒。這都是二毛的傑作。

將人拖出來，在離車十多公尺的地方放下，二毛走回車旁邊，從車裡拖出一根棍子，對鄭歎道：「你說，我們該怎麼打？」

鄭歎沒看二毛，他瞧見那隻花貓從車窗往外看著，沒半點剛才的懶散睡意。

似乎在確定那個人的身分，然後那隻花貓「喵嗚」一聲，從車裡跳出來，朝那人走過去。見到花貓的動作，二毛也不出聲了，手裡轉動著棍子，眼睛盯著那邊。

那隻花貓走動得並不快，後拉著耳朵，鬍鬚微微上揚，嘴裡發出「嗚——」聲。鄭歎聽得出來，和純粹的警示不同，這其中已經帶著很強烈的攻擊意思了。

這時候，那人已經開始清醒，踢動著腿，左右滾動。

晚風吹過，樹葉、草葉等葉片之間的摩擦發出細微的沙沙響。

明月正好，夜色微涼。

慢慢甦醒的人對於自己此刻的處境並不瞭解，但卻有種莫名的恐懼感。

——人？

——不，不是。

剛才模模糊糊中，他確實聽到了人聲，但同時也聽到了貓的叫聲。

蹭動了下腿，似乎是想將綁在腳踝的繩子蹭掉，但又一聲貓叫，讓他感覺頭皮發麻。

他認識這隻貓，對於這個叫聲，他太熟悉了。正因為這個叫聲，他做過好久的噩夢，就連看著那些虐貓的影片，甚至親手殺掉一隻隻貓，也無法將這種恐懼抹除一絲，反而還有越演越烈的趨勢。

是牠！

是那隻他差一點點就宰掉、卻最終被牠逃脫的花貓！

牠為什麼總是陰魂不散？！

他後悔了，真的後悔了……

為什麼當初從貓販子手裡買貓的時候選了這隻？

或許是因為這隻的眼神最桀驁、最凶悍？最讓他有去虐殺的快感？

「嗚——」

又是一聲貓叫。聽到這種叫聲，就算是對貓不太瞭解的人都能從中聽出些警示和攻擊意味。

鄭歎聽到這叫聲之後耳朵往後壓了壓，總感覺有點不對勁。

一般警示的「嗚」聲是一開始低沉，後面上揚，末尾的時候又降下來。可這隻花貓此刻的聲音，聽著和這種一般的警示聲不同，其中似乎多了些其他音調。或許普通人類聽起來沒有太大的差別，但是鄭歎從貓的角度、以貓的聽力來分辨，總感覺這叫聲中有一種……召喚同類的意思？就好像你並不懂這種語言，但卻能夠從別人的語氣中聽出善意或者惡意一樣。

貓的叫聲其實很複雜，雖然比不上人類的語言那麼豐富多樣，但鄭歎自打變成貓以來，就聽到過數百種。或許每一隻貓都有屬於牠自己的表達方式，或許不同的發聲方式其實是表達同一個意思，但沒人能說得清。即便是鄭歎，也只能大致從這些叫聲裡推測出可能的意思來，而無法去深究。很多在人們聽起來差不多的聲音，其實所表達的情感有很大的差異。

鄭歎正想著，突然不遠處傳來一聲貓叫。不知道是誰家養的晚上出來閒晃的貓。

「喵嗚——」

那隻花貓提聲叫喚，而且一聲連著一聲。

很快，遠處又傳來幾聲貓叫，是屬於不同的貓的。不需要去徹底瞭解，卻能夠在聽到第一聲的時候就想到牠大致的意思。

「嘖，這些貓是不是開始蕩漾了？」二毛戳了戳站在車頂的鄭歎。

人們對於貓的大嗓門吼叫，第一反應基本上都是這貓又在蕩漾了。殊不知，貓吼叫還有其他的意思，而且這種吼叫和前種是截然不同的。

鄭歎聽著越來越多的貓回應，思量著這種召喚式的叫聲技巧在哪裡？也不知道這種召喚式叫聲是那隻花貓自己摸索出來的，還是牠從哪隻貓身上學過來的。總之，這種聲音能讓貓產生一種共鳴，就像是隱藏於血脈中最原始的意識被喚醒，讓牠們振奮，並往叫聲處聚集。

鄭歎突然體會到了電視上動物世界裡，滿月之下一匹狼站在高處嚎了一嗓子之後，群狼跟著嚎叫的一幕了。

不算高的草叢和種植著農作物的田地裡，嗖嗖的聲音接連傳來，不同於晚風吹拂葉片之間的摩擦聲響，在這種安靜的夜裡並不難分辨出來──那是貓在草叢間跑動的聲音。

從二毛的角度來看，月光下，明顯能夠看到那些近半公尺高的已經有些密集的野草叢和農作物，因為裡面的生物跑動而出現了搖擺，其奔跑路線也直指這邊。

一些大型貓科動物像老虎、豹子、獅子之類的，吼叫聲聽著霸氣十足，可貓的吼叫就不一樣了，聽著這個會令人發寒的。

掏出一根菸點燃，二毛猛地吸了一口，將心中那種毛毛的感覺壓下。

菸蒂的火光隨著陣陣晚風而閃動。二毛靠著車，看了周圍一圈。附和的貓叫聲越來越多了，這是在合唱嗎？

站在車頂的鄭歎也漸漸有些激動，二毛感覺不出，但鄭歎突然也有種衝動想要嚎一嗓子。

仰頭，看著天空掛著的那輪明月，鄭歎深呼吸。

「嗷嗚──」

群貓的叫聲戛然而止。

這就像是大家都在唱歌的時候，突然傳出一聲屁響，其違和感直接就轟掉了前面渲染出來的意境。

草叢裡一隻隻貓僵在原處，草比較矮、稍微稀疏些的地方，還能看到一隻隻豎起來的尖尖的貓耳朵在動著，似乎在分辨這他媽突然而來的一聲嚎到底是屬於附近哪個地方混的傢伙。還有幾隻對周圍反應太敏感的貓跟跳蚤似的噌地跳了起來，近半公尺的草叢也無法遮住牠們弓身躍起的身影。

剛吸了一口菸的二毛，被這突然的一嗓子驚得嗆住幾乎咳趴下。他這是第一次聽鄭歎嚎，在此之前他只從衛稜那裡聽說過一點兒，但也沒想過會對聽覺衝擊這麼大。

那隻花貓扯著耳朵看了鄭歎一眼，然後回頭繼續衝著地上正慌亂踢動著腿的人吼叫。

鄭歎明白那隻花貓掃過來一眼的大致意思。

——馬的，老子被嫌棄了！

鬱悶的鄭歎在車頂磨爪子，將上面撓出幾道爪痕。

——都當了快兩年貓了，還是依舊不合格。

——貓，果然不是那麼好當的。

好在那些貓並沒有那麼多其他的想法，停頓一下後，繼續在那隻花貓的帶動下往中間聚集。

緩過來的二毛扔掉菸蒂用腳尖碾滅，對鄭歎道：「放棄吧，就你這叫聲，連鬼都能嚇跑。我們還是別叫了啊，讓牠們叫去吧，你就蹲旁邊看著，牠們解決不了的你再過去。」

掃了眼遠處一大片的草叢，二毛抖了抖身上的雞皮疙瘩。現在這場面確實詭異，這都十來隻了吧，看樣子估計還有貓會聽到這邊的動靜而跑過來。

貓這種動物，很讓人難以琢磨。

安全起見，二毛打開車門鑽了進去，看來這裡並不需要他親自動手了，這些貓看上去可不太友好。

二毛一直覺得，貓就像惡魔與天使的複合體，懶洋洋趴著曬太陽或者瞇著眼睛蹭著你撒嬌的時候，確實乖巧可愛，周身的愜意和瞇起的眼睛，似乎讓時間的步伐都變得悠閒，讓人覺得整個世界都是暖暖的；但牠們的另一面卻總讓人咬牙切齒。或許咬牙切齒還算好的，就如此刻，那一雙雙黑夜中的眼睛流露出桀驁不馴的野性，似乎隨時在尋找、在等待下一個獵物，讓人毫不懷疑牠會在下一刻彈出利爪並指向你。

鄭歎趴在車頂上，看著周圍聚攏的那些貓在那隻花貓的帶領下，朝地上正掙扎著的那人撲過去。那人被封著嘴巴，叫不出聲，鄭歎從他鼻子發出哼聲中知道這個人此刻是真怕了，怕極了。

和市中心的很多純寵物貓相比，郊區這邊的貓要普遍野性一些，每天都在田地野草間玩耍，和其他鄉野間的小動物鬥法的貓能乖巧到哪去？這其中還有一些野貓，凶起來更是沒話說。

一些相對膽小點的貓在周邊走動，在其他貓的帶動下，偶爾瞅著機會上去撓一爪子；而膽子大點的，比較有攻擊性的貓則跟著那隻花貓一同撲向那個人；總有些貓跟警長似的，越挫越勇，被踢出來，爬起來繼續往那邊撲，又咬又撓的。

二毛在車裡搓雞皮疙瘩，將車窗又往上搖了一些，生怕那些貓衝過來。

畢竟那些貓沒有受過訓練，大多數也都是家貓，不知道哪些地方是人的要害，攻擊力度也有限，或許有些還只是將這當成是一個遊戲而已，就像平時玩貓玩具。地上那人特意將自己蜷縮起來，受傷不要緊，重要的是護住自己一條命。

咬得比較厲害的也是那隻花貓，以及一隻比較凶悍的野貓。

二毛看著時間和那邊的「戰況」，他不準備讓這個人在這裡喪命，所以得瞧著點。

至於鄭歎，他正在學習，從那隻花貓的叫聲中分辨出哪些才是引起此刻狀況的，哪些能夠影響貓的情緒、如何調動貓的情緒。貓如今並不算是群居動物，但其實也不算是絕對的獨居，畢竟牠們滲入了人類社會，周圍養貓的人那麼多，每天出去都能碰到不少貓，大部分相安無事。如果將楚華大學這塊區域的貓都召集起來，會是怎樣的情形？

想想都有點小激動。

不過，這不是個容易的技巧，或許等貓生結束鄭歎都無法學會。作為一個擁有貓身人心的異類，相比起真正的貓來說，鄭歎遇到的阻礙大了點。不過，只要學習能力強、領悟力強，鄭歎相信自己還是有機會的。

等二毛叫停的時候，那隻花貓身上已經沾上了不少血跡，聽到二毛的叫聲，牠還挺不情願地回應了下，但最後還是退出來，走到車邊舔身上的毛。

沒有了花貓，其他貓也漸漸停下來，散布在周圍舔爪子；那隻凶悍的野貓看到二毛走過來之後就跑了，估計是覺得這人不好對付。

地上那人的衣服褲子成了染血的破布，手和臉都被撓得滿是血跡。蜷在那裡沒動，只有微微的起伏才讓人知道這人還活著，地上的尿跡和血跡混成一灘。

雖然那隻花貓凶起來很凶，但還挺聽二毛的話，上車之後又恢復之前的溫順。如果不是身上還沾著屬於人的血跡的話，那溫順的樣子會更有說服力。

那個已經渾身是血的人被二毛塞進後車廂。

二毛說剩下的事情他來處理，保證讓鄭歎和那隻花貓再也見不到那人，但又不像是真的要去殺人滅口。

車子開回楚華大學東教職員社區後面側門的時候，鄭歎下車回家，那隻花貓依然閉著眼睛蹲在後座上，一點都沒有要下車的樣子。二毛驅趕了兩下不起效果，就由著牠了。

鄭歎站在社區大門口朝不遠處的一座小樹林看了一眼，動動耳朵，警長又在跟西區那邊的貓打架了，聽牠們打架時候的叫聲，警長也不像是要輸的樣子，鄭歎便放心的往家裡小跑回去。

第八章

二毛和他的貓女兒

那隻花貓賴在東教職員社區裡了。

鄭歎一大早送小柚子去學校的時候就看到那傢伙蹲在花壇邊上，面朝B棟樓。

昨天這隻花貓跟著二毛去處理後續事情，估計回來的時候被二毛強行拒絕了，於是改變策略，就蹲在樓門口堵人。就像當初李元霸自己找主人一樣，這隻花貓應該也有類似的打算，看中哪個，然後就自己上門。

見到鄭歎和小柚子時，那隻花貓只是半睜著眼睛看了一眼，然後繼續瞇眼打盹。不過，牠耳朵一直支著，一聽到電子鎖「喀」的響聲就睜眼往那邊看。

雖然不知道這隻花貓為什麼賴著二毛了，但鄭歎覺得想要二毛這人收養一隻貓，難度不小。就像當初二毛見到鄭歎他們幾個蹲樹上的時候說的那句「貓都是一群傻瓜」，便能看出這個人對貓還是有很深的成見。

今天沒陽光，陰沉沉的，鄭歎不可能在同一個地方窩著曬太陽，到外面走了一圈，原本打算多玩一會兒，天空突然飄起了小雨，鄭歎便趕忙跑回來，回社區的時候見到那隻花貓依然蹲在原處，耳朵因雨滴落到上面而抖動。

昨天看天氣預報說今天是陰天，明天才有小雨，可現在就開始飄雨，果然天氣預報只能看即時的。

瞧瞧天色，這雨避免不了。

下雨的話，鄭歎中午就不用去接小柚子，直接在家裡等飯就行，以前下雨天就是這麼辦的。

爬到三樓的時候，鄭歎在二毛家門口聽了聽，裡面有說話的聲音，估計在打電話。這傢伙如果已經起床，應該會出去買早餐，不可能不知道那隻花貓在外面蹲著。

算了，收不收養是二毛自己的事情，鄭歎也無法幫他做決定。在這件事情上，鄭歎幫不了那隻花貓。誰讓那隻花貓瞧上的是這傢伙呢！

回家之後，鄭歎難得的沒有開電腦上網，而是趴在臥房門口，看著外面下得越來越大的雨。斜下方傳來噌噌的聲音，鄭歎看過去，將軍那隻賤鳥正將牠的鳥嘴伸出鐵網，接雨水喝。並不是因為渴才這樣，以鄭歎對牠的瞭解，牠純粹是為了好玩。

一個冬天過後，鄭歎感覺將軍的性格更惡劣了，因為牠不只會唱老歌，還會偶爾詩興大發、很有「感情」地朗誦幾句，據說是牠飼主帶牠去希望小學的時候跟那裡的小孩子學到的。而另一個讓鄭歎很頭疼的是，將軍好像學會了罵人，這就不知道是跟誰學的了。只能說，這隻鳥的領悟力太強。

鄭歎趴在房門口看著外面已經被雨澆濕的陽臺，剛才趁那隻鸚鵡不注意，鄭歎探了探頭，下方那個花壇處沒發現那隻花貓的身影，大概是躲雨去了。

楚華市這地方，在這個時節基本上下一次雨就升一次溫，等這場雨停了就準備再次升溫吧。與鄭歎的淡定不同，二毛就顯得煩躁許多。

歌也不想聽了，拿掉耳機，二毛看著外面的雨幕發呆，通向陽臺的房門開著，吹進來的風帶著外面的濕氣，讓人感覺到絲絲涼意。

二毛點上一根菸，慢慢地抽。剛打了通電話心情不太好，他又想到那隻花貓，煩上加煩。而偏偏這時候，外面傳來一個略帶嘶啞的、偏又抑揚頓挫的聲音。

「春雨貴如油，下得滿街流——」

二毛：「……」

——王八蛋！哪個神經病在吟詩！

不過二毛也懶得出去看到底是誰，菸抽了一半之後，就扔進菸灰缸，拿著一把折傘出門。

鄭歎趴著看雨景，突然聽到樓下「喀」的一聲電子鎖聲響，來到陽臺邊伸脖子看了看，雖然看不到頭，但那褲子鄭歎認識。

二毛出去幹什麼？鄭歎疑惑了。

一小時之後，雨勢基本上停了，只有零星的幾點小雨滴飄著，很多人都沒繼續撐傘。鄭歎看著樓前的那條水泥道，這時候附小已經下課，鄭歎就等著小柚子和焦威帶飯回來，沒想到卻先看見了二毛，而且二毛身後還跟著那隻花貓！

花貓身上有些濕了，四條腿上有些黑色的泥漬，不過看起來精神還不錯。最重要的是，二毛進樓的時候，那隻貓也跟著進樓。

——這是準備養了？

鄭歎好奇，二毛竟然將那隻花貓帶回來了。他不是不喜歡貓嗎？還真是個矛盾體。

二毛將花貓帶回來之後，看著蹲在地上吃便當的貓，煩惱地撓頭想：這帶回來幹嘛啊？怎麼養？連自己都顧不著還去養貓？估計養個幾天這貓就病懨懨的了。

——唉，害人害貓啊！

都是衝動造成的。

被雨水淋濕的紙盒，盛著剩飯剩菜的免洗紙碗也泡著水，地上幾根被曬得發白的魚骨頭被斜坡上流下的水慢慢往下沖……回想當時的情形，二毛也不知道自己在想什麼，看到那隻躲在濕淋淋的紙盒子裡瞧自己的眼神，就開口讓那隻貓跟著的。他只是試探而已，原本想那隻貓若不理會自己就不管牠了，沒想到那隻貓還真的跟著他，並且一路跟過來。

之前的房東也沒說不准養寵物，再說社區裡面養寵物的住戶多的是，這個倒不用擔心。二毛心裡想著。這隻花貓不像樓上的黑貓那麼聰明，太聰明了會讓人覺得不自在；同時，這隻花貓也不算太笨，能夠讓人省點心。

這麼想的話，還算不錯，反正自己現在閒著無聊，先養養，這隻貓估計也只是一時興起，等過段時間牠要走的話就開門放走算了。暫時……就這麼著吧。

既然決定養了，二毛要面對的還有很多問題。看著這貓身上的汙漬，二毛皺眉。

實在想不出好辦法，二毛決定上樓去問問五樓那家的人，看他們平時怎麼養貓的。這個時間點，那個小丫頭和叫焦威的大學生應該在。

◆◇◆◇◆◇◆◇◆

二毛過來的時候，鄭歎正在吃飯。

問起貓糧的問題，焦威不太懂，還是小柚子回答的。她話不多，就一句，但簡單明瞭，直接解決了二毛的疑問。

小柚子建議二毛去「明明如此」寵物中心一趟，那裡有專門的指導人員和各種寵物相關物品販售，還能幫忙寵物洗澡。

得到解決方案的二毛立刻帶著那隻剛吃飽的花貓奔小郭那裡去了。

到了寵物中心二毛才知道，要做的事情比他想的還要多。什麼疫苗、驅蟲等問題都得處理，二毛啥都不知道，全扔給那裡的獸醫和工作人員了，他只付錢就行。

一個工作人員拿著登記本記錄，「名字？」

「王明。」二毛無聊地玩著手機，沒抬頭。

負責登記的女孩奇怪地看了看二毛，「你家這貓還帶姓的？」

「啊？妳是問貓名啊？」

「當然！先生你剛才不是已經簽過自己的名字了嘛。」

「貓名啊……」二毛沉默了兩秒，想到貓鼻子那裡跟米粒似的黑色花紋，說道：「黑米，牠名字叫黑米。」

「年齡呢？」小姑娘又問。

「我也不知道啊，今天才收養的。」二毛聳聳肩。

女孩露出兩個酒窩，「先生你真有愛心！」

二毛：「……呵呵。」第一次被人說有愛心，怎麼就覺得彆扭呢？

女孩很熱心，當然，解答二毛詢問問題的同時也不忘推銷自家寵物中心的東西，貓跳臺、貓抓板、貓玩具、貓糧等等。

二毛接過女孩遞來的一本商品大全，翻了翻，看中之後待會兒去看看實物。屋子就那麼大點地方，用不著買多大的東西，怎麼簡單怎麼來。不過，貓糧得買，這樣就不用自己再去多費心思了，在廚房他可生不出貓糧來。

翻著翻著，二毛突然在貓糧介紹的某頁廣告上一頓，似乎不確定，拿近點仔細瞧了瞧，然後看旁邊的一行小字。

「blackC？」

女孩面帶笑容開始介紹：「這是我們寵物中心的一隻明星貓，我們老闆高薪請來的貓模特兒，在很多寵物雜誌上都有出現。噢，網上一些論壇裡面也有的，還有很多ＢＣ粉絲呢。」

ＢＣ粉絲？還貓模特兒？呸！取個高端洋氣的英文名就當老子認不出來嗎？！這明明就是樓上那傢伙！

雖然二毛一直說討厭貓，但在認貓的能力上著實不賴，就算第一眼不能確定，看了後面幾張照片之後，二毛就已經將照片上這貓和樓上那傢伙劃上了等號。

撇撇嘴，又翻了幾頁，二毛發現廣告圖裡有這隻黑貓的都比其他類別貓糧貴一倍以上！有的甚至翻好幾翻。

這點錢對於二毛來說其實真不算什麼，但二毛就是納悶了，憑啥這隻黑貓做廣告的幾個類別就這麼貴啊？！

二毛指著廣告圖上那張一本正經的黑貓臉，向女孩問出了自己的疑惑。

女孩回答得很職業化：「因為這幾個類別都是非常有品質保證的，而且很快會出口國外。」

——出口？別開玩笑了！

二毛壓根不信。

不過，翻著後面那幾個帶 blackC 廣告圖像的貓糧價格，二毛摸摸下巴，心想：看來那傢伙很值錢啊！

「你們這裡能送貨嗎？」

「大型物件或者達到一定金額的可以送貨上門，我們寵物中心的服務絕對讓您放心。」

這都直接改「您」了。

反正不差錢，二毛勾選了幾個樓上那傢伙做廣告的幾類貓糧，以及前面看中的貓窩和貓抓板等東西。

「這些行嗎？」

「可以的！」女孩的笑容更大了，她們推銷成功的話，雖然沒有分紅，但是會記獎勵分，每月結算工資的時候會有獎金。

「不用試吃嗎？」女孩問。

「不用，我家貓嫌棄不吃的話我就扔給blackC，讓牠當面給我吃光光！」二毛哼聲道。那傢伙做的廣告牠自己敢不吃？！

女孩只以為二毛在開玩笑，問了幾個問題填好一張單子讓二毛核對，遞給揀貨的人，然後繼續去登記下一位顧客。

二毛坐著無聊，見旁邊架子上有幾張貓糧的廣告單，其中一張有那隻黑貓的頭像，二毛將那張廣告單抽出來，折好放口袋裡。這可都是證據。

二毛讓寵物中心對花貓做了一次全面的檢查，整體情況還不錯。

獸醫對花貓的年齡做了推測，讓二毛很驚訝的是，這隻花貓竟然還不到一歲。

「對了，王先生，您這貓要不要做絕育？」那位女孩問道，同時跟二毛講了一下絕育在城市飼養中的好處。

「絕育？還要切小JJ啊？」二毛正拿著手機發簡訊，頭也沒抬。

那位女孩臉上糾結了一下，然後道：「……您這隻貓是母的。」

「母的？！」二毛驚道。

——臥槽，母的還那麼剽悍？！

「怎麼，貓和狗辨認公母的方法不一樣嗎？」二毛記得狗挺好辨認的啊。

女孩笑了笑，很顯然，像二毛這種顧客她見得多了。她從一個櫃子裡抽出一本薄薄的小冊子遞給二毛，這裡面有一些關於貓的基本知識。

二毛大致翻了翻，「這書多少錢？」

「這個是我們寵物中心自己印刷的，就送給您吧。」

這還差不多。二毛將那本冊子扔進一個塑膠袋。

最終二毛還是沒讓貓做手術，他帶著洗得乾乾淨淨、打完針、檢查完身體的貓回去，寵物中心的人按照二毛填寫的住址將東西送過去。

貓的東西一擺上，二毛頓時感覺屋裡的空間小了些。還好都是小物品，不然還挺擁擠的。在新買的貓碗裡面倒上貓糧，正在新窩裡嗅著的花貓便走了過來。讓二毛有些失望的是，這隻花貓好像不怎麼挑食，吃著挺起勁的。

看來暫時是不能找樓上那隻黑貓的麻煩了。

沒再管貓，二毛打開買了沒多久的筆記型電腦，登入那個寵物論壇。

「好名字都被貓取了」這個ＩＤ是三年前註冊的帳號，那時候他們師兄弟幾個在師父那隻貓的影響下去逛了逛寵物論壇，看看別人家的貓是不是也跟師父他家的貓一個德行。當年這ＩＤ是幾個人共用，現在變成二毛一個人用了，其他人都沒再關注論壇，就連二毛自己也不過是因為前段時間那事才想起來登入的，不然也不會再使用這ＩＤ。

國內如今網路發展快速，論壇這幾年的改變也很大，其中還有人分享一些影片連結。

二毛找了找樓上那傢伙的圖片和影片，還真如寵物中心那女孩說的，幾篇關於貓糧的比較熱門的帖子，大部分都有那隻黑貓，而且下面回覆的人很多也是衝著那隻黑貓來的，也就是女孩所說的ＢＣ粉絲。

認真看了看圖片上的黑貓，二毛還是在心裡將圖片以及影片上的效果歸結於攝影技術的魔力，不然怎麼可能將一隻土貓拍攝成影像上那種氣質多變的貓呢？貓可不是人，哪有什麼演技啊，打死二毛也不相信。他想寵物中心那女孩也不知道 blackC 的真實身分，不然不會那麼推崇，畢竟廣告圖片和實物的差距可不小。

◆◇◆◇◆◇◆◇◆

次日，天氣晴朗，一場雨過後氣溫回升得快。

黑米趴在陽臺上曬太陽，二毛閒著無聊試了試買貓沐浴液的時候送的梳子。寵物中心送的小冊子上說，替貓梳毛既可以把貓身上已脫掉的毛及時清理掉，又能防止貓把毛吞食到胃裡而得毛球病，還能保持貓身上毛的美觀、促進皮膚的血液循環，以及增進人與貓的感情之類什麼的。

反正二毛沒事幹，搬了個小矮凳坐在旁邊照著小冊子上的說明指導梳毛。試探了幾下之後，動作便熟了起來，看黑米瞇著眼睛的樣子，二毛頓時有種成就感。

——看，貓也不是那麼難養嘛！怎麼以前見到的一些人一談起養貓來就像吃了怪味豆似的？

二毛正得意著，突然——

「砰！」

撞擊鐵網的聲音在斜上方響起。正趴在地上瞇著眼睛曬太陽的花貓黑米噌地站起來，看向那邊，流浪的那段時間讓牠已經習慣高度警覺。

二毛也停下手上梳毛的動作看過去。

鐵網內，一隻藍色的鸚鵡大爪子勾住鐵網站在裡面，帶著黃圈的眼睛看向三樓的一人一貓。將軍的注意力最主要是放在那隻花貓身上。這貓牠不認識，以前沒見過，什麼時候來的陌生貓？嗯，嘴巴有點癢。

或許是感覺到這隻鸚鵡傳達出來的不太友好的信號，黑米壓著耳朵警惕地看向四樓的鸚鵡。

二毛倒覺得沒什麼，貓和鳥本就不好相處，他師父那隻貓天天去林子裡逮鳥，大小都有。不過在國內，很少能夠看到這種鸚鵡了，難怪四樓將陽臺全部用鐵絲網圍住。

看著四樓的鸚鵡，二毛帶著好玩的心態說道：「喲，鸚鵡！」

鐵網內的將軍很快用標準的美式發音加上略帶方言的詞語回覆：「Hello，白痴！」

二毛：「……」這混蛋鸚鵡是誰教出來的？！

而五樓陽臺上，鄭歎正聽著下方的對話笑得打滾。

將軍絕對是看到那隻花貓後不友好了，連帶著用這種方式來攻擊二毛。

鄭歎他們住在二毛樓上的樓上，正上方，並不能看到二毛那邊的情形，但他能透過二毛與將軍的對話以及那隻花貓的低吼中猜出一個大致的狀況，還好這棟樓住的人對這方面的忍耐力比較大，不然以後有的鬧。

不過，有了三樓二毛他們吸引將軍的注意力，那隻鳥也不會經常來煩鄭歎了。對此，鄭歎很是欣慰。

正支著耳朵準備聽下方的吵架，樓下院子裡傳來有節奏的車喇叭聲響。

鄭歎疑惑地看了看樓下，今天又不是週末，方邵康怎麼會過來？

疑惑歸疑惑，鄭歎還是跑下去開電子鎖。

方邵康帶著童慶進來。自打將貓車拖回家之後，每次方邵康帶鄭歎出去的時候，童慶就會上來幫忙搬車。別看那車小，重量可不算輕，再說還要搬上五樓呢，童慶總不至於看著自家老闆親自上陣。

「今天恰好有時間，約了老劉去談件事情，這週末要出差，所以時間就定在今天了。已經跟你貓媽說過了，晚上再送你回來。」方邵康說著，讓童慶將擱在房裡的那輛小車搬出來。

每隔一段時間，方邵康就會帶鄭歎去老劉那邊談業務，就像一些人說的，交際也是要靠手段的。不過，像方邵康這樣用貓去交際的實在是少之又少，可偏偏老劉就吃這套……不，應該說是老劉他的寶貝兒子吃這套。

三樓——

二毛聽到那鸚鵡又罵了句「傻子」之後，正要準備回罵，但想到這裡是楚華大學的教職員宿舍，沒開腔，他準備到時候去買把水槍，那鸚鵡罵一句他就射一槍。

將梳下來的貓毛團成團，其實也沒有多少，二毛原本準備直接扔下樓，但想想，覺得還是應該表現得有氣質點，將那點兒貓毛扔到套著垃圾袋的垃圾桶裡。看桶裡的垃圾差不多滿了，二毛將垃圾袋提起打了個結，打開大門放到門外，等下樓的時候一併帶下去。氣溫一升起來，垃圾容易有味道，再說家裡還養了一隻貓呢，二毛沒少聽說貓翻垃圾桶之類的事情。

誰知道一開門，二毛就看到恰好走到三樓的鄭歎。

「喲，大明星……」

瞥到樓梯上的人，二毛臉上一僵，準備嘲諷的話硬憋了回去，迅速縮回屋，關門。

方邵康叫住鄭歎，並示意童慶先等等，然後走到二毛他屋門口，叩了叩門。

「開門，別躲了，我都看到你了。」方邵康平靜地道。

「沒時間，我在拉屎！」

「給你十秒擦屁股。十——九——八——」

方邵康看著手腕上的錶，很認真地數著時間，對於二毛屎遁的謊言一點都不在意。

剛好數到一的時候，二毛抓著頭，很無奈地打開門，心裡暗罵了無數遍為什麼自己要在這時候扔垃圾！

「三叔。」

有氣無力地喊了一聲，二毛蔫蔫地走回房。

方邵康打量了下這間屋子，然後看向軟趴趴坐椅子上的二毛，「這次準備修理誰？還是看中哪個妞？」

「這您可誤會我了，我早已浪子回頭，洗心革面，安分守己，五講四美三熱愛，兩袖清風一顆紅心向太陽的正直好青年啊三叔！」二毛趕緊澄清。

鄭歎斜眼瞟了下二毛。

——放屁！這傢伙打人撬鎖玩黑吃黑還差點殺人棄屍！

方邵康臉色不改的看向二毛，「浪子回頭？」

「嗯嗯！」二毛點頭。

「洗心革面？」

「是的是的！」二毛趕緊保證。

「安分守己？」

「千真萬確！」

「正直好青年？」

「那是當然！」
「我一句都不信。」
二毛：「……」一臉的冤屈和悲憤。
「不過，很意外你會選擇這個地方租屋，看來確實準備改變了……當然，前提是你不是為了泡女大學生的話。」
「絕對沒有那心思！」
方邵康又看了看屋內擺設，這個屋子相比起以前二毛住的地方來說算得上是簡陋了，而且現在的二毛看上去也不那麼流裡流氣，衣著外形都正經很多。
「收心是好事。」方邵康意味深長地感慨了這麼一句，便叫上鄭歎走了。他可沒時間在這裡跟二毛胡扯，別人家的孩子他也管不了，頂多作為長輩提點兩句。
「哎，三叔……」
「我不會去向你爸媽告狀，你哥被外調了，正忙著搞政績，現在也不在楚華市，你可以暫時放心，沒人來逮你回去。」
二毛鬆了口氣。不過，三叔為什麼對那隻貓那麼好？衛稜也沒怎麼提過啊！
在鄭歎和方邵康離開之後，二毛坐在椅子上思索。
「黑米啊，你說我溜不溜呢？」二毛輕戳了下花貓的鼻尖。
「喵——」花貓黑米聽不懂二毛這話，以為二毛只是在跟牠玩，歪著頭蹭了蹭二毛的手。

二毛嘆氣。算了，還是老辦法吧。

他掏出一個一元硬幣，立放在鋪著地板磚的地面上，手指一彈，硬幣轉了起來。

「正面溜，反面留。」

「啪！」

黑米看到玩具似的，一爪子拍向轉動的硬幣，並壓在爪下。

二毛抬起貓爪子，看向地板磚上躺著的硬幣。

一個人頭。

◆◇◆◇◆◇◆◇◆

跟著方邵康出去了一趟，鄭歎也瞭解到一件事情。

楚華市的幾家稍具規模的寵物醫院負責人私下裡商議，成立一個愛貓協會。其實很早他們就在商談了，一直沒確定下來，這次能夠拍板，主要是前段時間出了兩件虐貓事件以及社會上民眾和媒體的反應。

他們要成立這個協會，免不了與環保協會的人、鳥類保護協會等等之類的組織打交道，畢竟貓和鳥之間的矛盾已經越來越深了，鳥類保護協會的人曾經和幾個愛貓組織吵過架；而環保方面，一些植物保護組織就經常抱怨很多流浪貓到處破壞植物和生態。

正因為這樣，在考慮協會名字的時候，幾位組織者篩選了一下，最後確定以科學飼養、綠色文明等為本次活動的主題，協會的名字就叫green wing綠翼，縮寫為GW，圖示是一對綠色的翅膀，中間是一個貓手掌。

不管綠翼的組織者們是怎樣考慮的，至少鄭歎在乍一聽到這個名字的時候，半點沒感覺出來這與貓有什麼關係。

即將舉辦的這次活動，在組織者中，小郭他們寵物中心是其中影響力最大的，這兩年越來越多的人知道「明明如此」寵物中心的名字，小郭作為組織者之一，兼任綠翼的副會長，整天忙得吃飯都沒時間。宣傳片、公益廣告、發通知，雖然不是他一個人在做，但每樣都得出力。

小郭知道方三爺和焦家認識，而鄭歎和方三爺比較熟，於是這次活動小郭盯上了方三爺這條大魚，如果方三爺能夠出力，他這個副會長的話語權絕對會有一個大幅度的提升。畢竟綠翼才成立，副會長有好幾人，職權都是暫時的，誰也不服誰，下面還有人盯著等你出醜，所以都琢磨著趁這次的活動展現自己的能力將位子坐穩。

於是，小郭特意親自去拜訪了方三爺。

看在鄭歎的面子上，方三爺也沒耍大牌，挺乾脆的就接受了小郭的邀請函，並承諾會捐助一筆資金，具體情況小郭可以找方三爺的某位助理詳談。

而方三爺在老劉那邊談成生意之後，提到了這個活動，老劉一聽，想到自己兒子如今變得活潑開朗了許多的原因正是在貓身上，頓時有了興趣。捐點款嘛，小事情，算是花錢買個心安。

當然，方三爺估計是沒時間親自去參加活動了，都是下面的人代替他去的。不過，對於小郭來說，只要這位肯拿錢，就已經是最大的成功了。

方三爺、老劉、小郭他們都是大忙人，而鄭歎這邊，總的來說，沒多大變化，日子過得還是挺舒爽的，不會太過無聊，每隔幾天都有事做，還是賺錢的事。想想看，哪家的貓能夠做到這分上？還賺錢養家呢！

焦爸在海洋的另一頭，每週都會用聊天軟體和這邊聊聊，瞭解家裡發生的事情。不過，畢竟焦爸不在，寵物中心那邊有時候談一些事情不太方便，都是焦媽在拿主意，可是焦媽也沒有太多的時間，小郭偶爾有一些貓糧廣告方面不太好解決的問題會發郵件給焦爸，前段時間因為拍公益廣告的事情透過郵件，全都是焦爸在做決定。

其實鄭歎在某個小圈子裡還是比較出名的，只是應焦爸的要求，關於鄭歎的很多資訊屬於保密狀態，低調得很。而且這次拍公益廣告，鄭歎並沒有多少戲分，因為他的外形不符合要求。

相比起其他貓來說，黑貓總是帶著一種神祕、邪性和霸氣，鄭歎這樣的實在表現不出有多讓人憐惜，所以為了達到預期的效果，小郭他們選擇的是幾隻擁有外形優勢的幼崽，這種奶貓最容易引起人們的同情心，尤其是女性。

鄭歎覺得無所謂，反正他也不想去賣乖裝可憐。不過，作為擁有粉絲的一隻貓，鄭歎肯定得出席那場活動，等小郭的安排就行了，不知情的也沒誰會將鄭歎與楚華大學教職員社區的貓聯想在一起。

因為鄭歎第一次出席這種活動，焦媽別的使不了力，就在伙食上下功夫。焦媽有小郭送來的邀請函，她到時候也會帶著兩個孩子去那邊瞧瞧，連相機都準備好了。

「明明如此」寵物中心的很多顧客都被通知了這個活動，決定去的話會有寵物中心送的一張入場券，近期寵物中心也打出了一些關於這次活動的宣傳，送出去一些票。

二毛因為前幾天在寵物中心消費了一筆、辦了會員證，會員有專人通知。

「聽起來挺有意思的。行，票給我備著，我明天過去拿。」

掛了電話的二毛拿著一根細長的塑膠棒甩動，塑膠棒前端繫著一條繩子，繩子另一頭綁了個毛絨玩具。二毛就靠在床上，拿著這根逗貓棒，看著黑米左撲右跳，床上床下地跑。

「女兒啊，爹到時候帶妳去參加貓會哈！」

聽不懂二毛話的花貓黑米將那個毛絨玩具抓住，咬著一拉，毛絨玩具的尾巴被咬掉。

◆◇◆◇◆◇◆◇◆

綠翼舉辦的活動地點離楚華大學有六、七站的距離，而從小郭的寵物中心到活動舉辦地點這途中的七處公車站都設立了公益看板，這次的資金全部來自各方的捐款，甚至一些廣告公司也減免了很大一部分廣告費用。

鄭歎早早被小郭帶到後臺了，和小郭那邊經常拍廣告的幾隻貓在一起，等著被安置到展區。那幾隻貓看起來很淡定的樣子，可鄭歎淡定不了。

因為，包括鄭歎在內的幾隻貓身上都套著一個小道具——跟綠翼協會會標上差不多的綠色小翅膀，要代表「明明如此」寵物中心的形象。鄭歎只感覺戴著這種翅膀就像一群傻蛋。不過那幾隻貓估計被小郭「折騰」慣了，對背上的小翅膀也沒有太多的興趣。

鄭歎忍著沒將背上的那對綠翅膀扯下來，早上小郭還說要幫寵物中心做個什麼形象大使，鄭歎是半點興趣都沒有，形象大使這玩意兒誰愛當誰當去，成天折騰，煩死了！他只希望今天的活動能夠早點結束。

展區裡，寵物中心的幾隻貓，只需要在印有協會名字和寵物中心名字的大貓跳臺上趴著就行了。鄭歎一被帶出去就盯上了貓跳臺最上面那塊貓托板，托板上原本最先被帶過去的是寵物中心的代表貓——美短貓「王子」，不得不說，人家那外形就是有優勢，看著多健壯。

可鄭歎不管，在王子跳上自己看中的貓托板之後，沒等牠擺姿勢，鄭歎也跳了上去。

這個貓跳臺是訂製的，大型款式，每塊貓托板都能容納下至少三隻貓同時趴上面，因此鄭歎跳上去也並不顯擁擠。

王子見到鄭歎之後，往邊上挪了挪，可鄭歎不出聲也不動爪子，就這樣看著牠，沒幾秒，王子壓了壓耳朵，自覺的朝下面一塊貓托板跳過去。然後，鄭歎獨自一個霸占最高處的貓跳臺，趴在上面也擺著一副臭臉，他現在心情不太爽快，看誰都沒好臉色。然而，偏偏這樣的姿態讓經過貓跳臺的人同時產生一個想法：這貓氣場真強！

「嘿，哥們，那隻黑貓是什麼來頭？」

問話的是另一家寵物醫院的員工，他們經常與貓接觸，能夠從這幾隻貓的相處中看出為首的傢伙。原本他們以為領頭的是那隻美短貓，現在看來並不是那樣，那隻美短只是看起來霸氣了點，黑貓一跳上去，高下立見。

正擺著東西的「明明如此」寵物中心的員工驚訝道：「牠你都不認識？ＢＣ啊！」

「ＢＣ？」那人疑惑。

寵物中心的員工沒多說，指了指邊上看板中的其中一個，那是鄭歎近期拍過的一部故事圖片組成的貓糧廣告。

「我去！原來是這傢伙！」

主會場那邊，幾位主辦人員和嘉賓發表演講之後，就開始了一連串的宣傳活動。

這次主要是向民眾推廣ＴＮＲ計畫，讓對這方面不瞭解的民眾有機會接受相關教育。所謂的ＴＮＲ就是Trap（誘捕）→Neuter（結紮）→Return（放回），簡稱ＴＮＲ，用以取代安樂死的管理和減少流浪貓狗的數量，用科學的方法持續控制流浪貓狗的繁殖，這也符合當下流行的人道精神。

雖然ＴＮＲ計畫並不完美，協會的人能做的有限，這種方法也存在很大的爭議，畢竟經過ＴＮＲ之後的貓還是可能繼續擾民、抓鳥，還有一些流浪貓狗襲擊人和牲畜。只能說，這次活動盡量讓大眾擁有一個正確的動物飼養觀念，但如果一定要拋棄，請棄置於協會規定的ＴＮＲ區域。

以韶光集團等為代表的一些知名企業捐助了一筆款項用來建設流浪貓狗救助站，本次活動還獲得了政府方面的支持，媒體們也比較活躍。如果不是前陣子鬧出來的事情，也未必會有這樣的效果。

這裡有很多帶貓過來參加活動的人，這些寵物貓對人也熟悉，能夠被帶來的大多數不怎麼怕人，而且有主人在旁邊，牠們還挺淡定的，只是被幾個記者纏得煩了就縮到主人懷裡去，不像一些脾氣稍微差點的貓那樣伸爪子，畢竟在這種場合還是溫順點的貓比較好，壞脾氣的都沒帶來。也正因為這樣，活動才順利很多。

「爸爸快看，是ＢＣ！」

劉耀拉著老劉往「明明如此」寵物中心的展區那邊跑，因為來之前被老劉交代過，小劉耀並沒有在會場內眾多人的眼前叫出鄭歎的貓名，而是叫出了「ＢＣ」這個圈內小有名氣的藝名。

老劉今天很低調，衣著打扮看上去很普通，和方三爺那邊一樣，代替他發言、以公司名義捐款的都是助手，老劉則樂呵地帶著兒子逛展區，小郭也不知道這位大老闆其實真的來了。

劉耀來到「明明如此」寵物中心展區之後，就直接向趴在最上面那塊貓托板的鄭歎打招呼、招招手。鄭歎也很給面子地抬了抬爪子，意思意思。

今天劉耀過來明顯是有準備的，跟鄭歎打過招呼之後，就從老劉手上接過一個玩具汽車樣子的存錢筒。

「這是我的零用錢！」

每個展區都有一個捐款箱，捐款箱旁邊站著兩位戴著貓耳朵、長相甜美、面露親和笑意的女員工。劉耀將汽車形的存錢筒遞給捐款箱旁邊的女員工，主要是捐款箱的開口太小了，他的汽車形存錢筒塞不進去。

女員工感謝地笑了笑，雙手從劉耀這裡接過存錢筒。她們對這位小朋友的印象相當之好，其中一個員工想著替這場景拍張照片，這可是個正面例子，到時候可以拿出來宣傳，甭管存錢筒裡有多少錢，這畢竟是小朋友的心意。

不過老劉拒絕了，那位員工也不好多說，只能偷偷打電話給老闆，讓老闆出面談談。

捐款過後，收下存錢筒的員工拿出貓形的便簽紙，來這裡捐款的人可以將自己的祝福和其他想說的話寫在便簽紙上，然後貼到旁邊的那面木板牆上。

「咦？方總，你不是今天有事情嗎？」老劉注意到往這邊過來的方邵康，笑道。

鄭歎看過去，方邵康確實說過今天沒有時間，而且還要去一趟京城，沒想到他這時候還過來了。不僅來了，方邵康還牽著一個小女孩。

小女孩梳著羊角辮，眼睛大大的，看著就機靈可愛，正好奇地注意著周圍的人和物。她看上去比小柚子稍微小一點點，只不過小柚子沉默些，而這孩子則很活潑。

「事情有變，沒走。這是我女兒，方萌萌。」

方邵康沒多解釋，老劉也沒有要追根究柢的意思。

這時候一些記者都在主會場那邊，採訪幾位來場的重量級人物，比如葉昊。

葉昊過來捐款並不是說他有多愛貓或者有愛心，主要還是想藉助這次活動在公眾眼前樹立個正面形象。

所以，在這邊展區的基本上沒什麼記者了，也就沒有幾個認識方三爺和老劉的人。

方邵康將方萌萌抱起來架在脖子上，「來，跟BC打個招呼。」

在來的路上方邵康就向女兒說過了，方萌萌對於「黑碳」這個名字比較熟悉，每次跟方邵康通電話的時候都能聽到些鄭歎的事情，方邵康還將手機拍過的一些照片給方萌萌看。

為了避免那些前來參加活動的人騷擾，鄭歎特意選擇這個高地，所以想要接觸到鄭歎的話，矮點的人還真不好辦。方邵康不矮，可就算是方萌萌騎在方邵康的脖子上，貓托板還是比她高出一點點，不過只要她抬抬手臂就能輕易觸碰到貓托板。

騎在方邵康脖子上的方萌萌看著鄭歎，她對於貓並不瞭解，家裡也沒有養貓，親戚養狗的倒是比較多，所以親眼見到鄭歎的時候，方萌萌還有些忌憚，她聽說貓愛撓人，也見過班上同學被貓撓的樣子。

「打個招呼唄！來擊個掌！」方邵康拍拍女兒的小腿，又看向鄭歎。

方萌萌看著鄭歎，猶豫了一下。沒辦法，外表好看又溫順的貓總是更容易吸引人的目光，看著也更容易親近一些，而鄭歎這類黑貓總讓人感覺整個都透著一股疏離和危險。

鄭歎見方萌萌眼裡有些害怕的意思，很給面子地主動抬起手掌往方萌萌那邊伸過去，尖爪子都好好收了起來。

在方邵康的鼓勵下，方萌萌也伸出小手掌和鄭歎的貓掌碰了碰。之後方邵康準備將女兒放下來，沒想方萌萌一手抓著方邵康的頭髮，後腳跟踢了踢，「再來一個！」

估計整個方家，敢這樣騎在方邵康脖子上抓頭髮的也就只有他女兒了，偏偏方邵康被抓著頭髮還樂呵呵的笑。現在很多家庭都是獨生子女，看得跟寶貝似的。

鄭歎跟方萌萌又擊了一次掌之後，方萌萌是徹底不怕了。第三次跟鄭歎擊掌之後，她沒收手，而是直接朝鄭歎伸過去，然後……揪鬍子！

鄭歎：「……」

雖然沒用力揪，鄭歎也不覺得疼，但足夠鬱悶的了，為什麼小孩都喜歡揪貓尾巴和鬍子呢？

旁邊劉耀看著露出羨慕之色，然後老劉咧著嘴笑著將劉耀舉起來架自己脖子上。現在父子之間是越來越親密了，老劉整天臉上都掛著笑。

鄭歎耐著性子跟劉耀和方萌萌碰了幾次手。

方萌萌聽說劉耀把自己的零用錢捐出去了，她手上沒帶錢，可她帶了個爹。方邵康掏了掏口袋裡，現金合起來有個六、七百元，其他都是卡，像他們這種階層的人基本上不怎麼帶現金。最後，方邵康掏出來的錢全被方萌萌塞進捐款箱了。

鄭歎看著劉耀和方萌萌，又是兩個出手闊綽的富二代，沒看到旁邊站著的貓耳員工臉上的笑意都大了許多嗎？

那邊劉耀和方萌萌在祝福語往木板牆上貼，老劉和方邵康都只顧著自家孩子，鄭歎站在高處，卻注意到一個人鬼鬼祟祟離開。

二毛帶著黑米來這邊參加活動，還準備過來刺鄭歎幾句的，沒想到會看見方邵康，於是二毛立刻轉身離開。

只是，還沒等二毛鬆口氣，臉上又僵住了。

「二毛？！你竟然在楚華市！」趙樂驚訝道。為了防止二毛逃跑，她緊緊抓住二毛的衣服。

「靠！什麼運氣！」二毛相當後悔，最近的運氣好像特別背，之前被方邵康逮住，今天又被趙樂抓到了，還是正面抓住人，想否認都否認不了。

二毛還想著怎麼開溜，就被趙樂拖到展區邊上的休息區域了，有很多帶著貓過來的人坐在那邊聊天，剛好有人起來，空出了一張桌子。

趙樂像看外星人一樣看著二毛。

「怎麼，才兩年不見就不認識哥了？！」就算被逮住，二毛的語氣也是很衝的。趙樂和他同輩，可不是方邵康，用不著收斂。

「你變了很多……至少看起來是。」趙樂可是記得當初二毛那流裡流氣的形象，氣得二毛他爹恨不得掄棍子打幾頓。

「像良民了。」趙樂點頭肯定道。

二毛不吭聲。不過，被關在寵物包裡面的黑米就不那麼安靜了，用爪子抓著包叫喚。二毛趕緊將包打開，把黑米抱出來，好在黑米也沒打算到處跑，蹲桌子上還挺安分的，牠好奇地看著周圍，以及跟著主人到處走的那些同類們。

有一隻金吉拉跳上桌，下一刻就被黑米一巴掌搧下去了。不過，這種情況在貓之間很常見，所以那隻金吉拉的主人也沒有抱怨之類，對二毛笑笑，便帶著那隻金吉拉走了。

「幹得好！」二毛得意地拍拍黑米的頭，然後從口袋裡掏出一袋貓糧。桌子下有免洗的紙貓碗，二毛倒了點進去，作為剛才黑米表現的獎勵。

「你什麼時候喜歡貓了？」趙樂忍不住問道。

二毛沒回答，而是反問道：「妳怎麼會在這裡？」

「公司有人出面捐款，我只是過來看看而已。」

說著，趙樂看向鄭歎所在的那個展區，她剛才就是準備過去看看的，沒想到會和二毛遇上。

二毛順著趙樂的視線看過去，遮擋視線的人很多，看不到那邊展區的情況，也看不到方邵康他們，只能看到趴在最高處的那隻黑貓。

而鄭歎也一直注意著他們。他將剛才的情形看在眼裡，心想二毛和趙樂果然是認識的，而且還很熟。

二毛看看趴在高處的黑貓，又看看趙樂。

「那隻黑貓妳認識？」

二毛只是隨口問問而已，打算藉此轉移話題的，沒想到趙樂點頭。

「嗯，認識。還挺熟的……怎麼，你也認識？」趙樂注意到二毛瞬間便祕一般的表情，雖然二毛臉色收得很快，但還是被趙樂注意到了。現在趙樂在察言觀色方面敏銳很多。

「不認識。」二毛面無表情，心裡卻把那隻黑貓罵了千百遍：天殺的，難怪最近運氣不怎麼好，現在想想，全都與那隻黑貓有關！都是牠害的！

二毛不想繼續在這裡待下去，沒理會趙樂的問話，走了。他可不想到時候再被方三叔抓住，而且也不知道待會兒還會不會遇到熟人。沒想到原以為只是個普通的愛心協會的活動，竟然會見到這麼多熟人。

最終趙樂還是沒從二毛口中得到他現在的住址，不過，要到電話也算是今天的一大收穫。鄭歎聽不到二毛和趙樂的對話，只能從兩人的態度上來猜測：二毛這傢伙果然來頭不小啊！趙樂在二毛離開之後也沒派人去跟蹤，那是徒勞，這種手段對二毛沒用。想了想，趙樂編輯了一封簡訊發給王斌。二毛這傢伙，還是得找王斌出面解決。

◆◇◆◇◆◇◆◇◆

今天週末，王斌難得有空回楚華市看望父母，只是父親公務繁忙，還沒回家。

王夫人正向王斌抱怨著最近生活上的一些事情，聽到王斌手機響，便暫時停下話語，示意兒子先看看電話。

王斌有兩個手機，聽聲音是私人手機響了，原本也沒以為是什麼重要的事情，誰知道看了簡訊之後臉色一變，然後又恢復如常，淡定的將手機放回口袋裡。

「怎麼了？」王夫人問。

「沒什麼，您繼續。」

等母親叨嘮完去休息之後，王斌回房間關上門，臉色複雜地撥通了趙樂給他的電話。

聽著電話裡的嘟嘟聲，王斌琢磨著待會兒電話接通之後，該跟這位雙胞胎弟弟說些什麼。

在響了幾聲之後，那邊終於接通，王斌正準備開口，就聽到電話那邊傳來一聲大叫：「女兒啊！那是手機不能摔！」

王斌：「……」

——女兒？哪來的女兒？！私生女嗎？家裡是不是又要掀起一場風暴？！

思維開始無限發散的王斌，頓時淩亂了。

第九章 倒楣的跟蹤者

二毛的手機被他「女兒」一爪子從桌子上拍到水桶裡了。

話說，當時二毛因為心情不太好，從活動展場回來之後一時也不知道幹什麼，難得興起提了桶水來擦桌子。他昨天喝啤酒灑桌子上了，還有一塊前段時間吃外賣的油湯濺出來乾涸的印記，看著自家「女兒」在桌子上嗅來嗅去，二毛一捋袖子，提了桶水過來，拿著昨天練手勁撕爛的毛巾抹桌子。

手機放在床頭櫃上，而二毛擦電腦桌的時候，王斌打來電話，手機的響鈴讓蹲在旁邊的黑米嚇了一跳，然後過去拍了一巴掌，很巧合地拍在了接聽鍵上。

養貓的人都知道，貓習慣性手賤。

於是，在第一爪之後還會有第二爪。

黑米第二爪就直接將手機拍下去了，而更巧合的就是二毛將水桶放在床頭櫃旁邊——床頭櫃是他最開始擦的地方。

因此，電話那邊的王斌只在聽到二毛的那一聲吼之後，接著的就是一聲「咕咚」的落水聲，然後……那邊就沒聲音了。

二毛沮喪著臉將水桶裡面的手機拿出來，看了看手機上暗掉的螢幕，開機沒一點反應。接著他拆掉電池，用吹風機吹了下手機和電池，沒用。得，這手機是用不成了。

無奈地看了眼蹲在桌子上一副無辜樣的黑米，二毛揉揉額頭，突然有點明白那些養貓的人複雜的心情了。不過，今天他不想再出門，手機明天再買吧，常聯絡的人用聊天軟體就行，這個不急，就是不知道剛才打電話的到底是誰。

另一邊——

王斌又試著撥了幾次電話，那邊一直無法接聽。他能確定剛才吼的聲音就是自己那位雙胞胎弟弟，而且在聽到二毛吼的內容之後，王斌迫切想知道「女兒」到底是怎麼回事，今天聽母親嘮叨時還在說二毛什麼時候能正正經經交個女朋友結婚生子，然後安分的待在家裡，結果就聽到這麼一個「炸彈」。

王斌不喜歡打無準備的仗，如果二毛真的鬧出了什麼事情的話，他得提前做些準備，不然到時候家裡少不了一頓吵。

當然，首先得找到二毛，可王斌自己並沒有多少時間待在楚華市。

打電話給趙樂瞭解了一些事情之後，王斌回想那天在三叔舉辦的宴會時見到過的黑貓，實在沒多少印象。動用一些專業人員或者採取某些強硬點的手段肯定能找到二毛，但那些方法都不能用，不然絕對會起到反效果，以前就發生過類似的事情。問貓的主人？聽說那家人住在楚華大學的教職員社區裡，白天基本上沒人在，有的也只是小孩子，趙樂不建議去打擾。

沉默半晌之後，王斌撥通了在楚華市的一個朋友的電話，反正那傢伙最近閒得蛋疼，找點事讓他動動，若沒結果的話，王斌打算下個週末有空來楚華市再親自上門去拜訪貓主人。

就像方三爺所說的，認識二毛的人很多都不會想到二毛會住在大學裡面的教職員社區。所以，王斌直接略去了二毛在那一帶居住的可能性。

而在展區那邊像傻子一樣無聊地趴了大半天的鄭歎，最後跟著焦家三人一同回家。

焦媽帶著兩個孩子過去參加活動的時候已經是下午了，所以他們直接等活動結束後就帶著鄭歎一同離開。當然，這些都在暗處進行，沒人知道跩兮兮獨占最高處貓托板的ＢＣ會跟焦媽三人一起離開。

至於工資結算，小郭自然會匯到銀行帳戶去，那是跟焦爸談好了的，鄭歎都不用擔心。

◆◇◆◇◆◇◆◇◆

活動之後，接下來的幾天鄭歎沒什麼事，只在校園內外閒逛。而很快的，鄭歎的心情就不那麼好了，他發現有人在監視自己。這種感覺很不爽。

好的是，這個監視的人是個蠢貨。

當初鄭歎被人盯住的時候，也有人跟蹤監視，不過那人估計對貓比較重視，很多時候都注意隱藏自己；而現在這個人，別說隱藏了，完全就是明目張膽地告訴鄭歎：嘿，老子在監視你！

鄭歎第三次看向那個穿著休閒西裝、戴著墨鏡、雙手插褲袋裡裝酷的年輕人，回想了一下最近的事情，難道是因為綠翼協會的那個活動，所以自己被人盯上了？

不，不至於。鄭歎推翻了這個猜測。

不是鄭歎妄自菲薄，從那天的活動和展場上的情況來看就知道，作為一隻貓的他現在還真沒有多大的分量，去活動會場的除了鄭歎認識的幾個人，諸如方三爺和老劉、趙樂那樣的人之外，其他有點身分的出席者大多數都是醉翁之意不在酒，比如葉昊以及一些媒體和政客們。

這個監視的人一身行頭價值不菲，不像是缺錢的人。而且按理說也沒人認出了BC就是成天在楚華大學周圍閒晃的那隻土貓。黑貓那麼多，長得又像，幹嘛就盯著他？

伸了個懶腰，鄭歎從樹上跳下來，沿著一條路走過去。

既然那個戴墨鏡的人想跟，那就讓他跟。只要別後悔！

墨鏡男剛才無聊撥了通電話，估計是打給女朋友。

「……我現在沒在公司，出來散心……對啊，春天啊，鳥語花香的季節……好了，不跟妳說了，我還有事，來寶貝，啵一下……」

見到鄭歎離開，墨鏡男趕緊掛斷電話跟上。雖然答應幫好友的忙，但是這事實在太無聊；不過，在大學校園裡倒是能夠看到很多長得不錯、氣質上佳的女大學生，再來個豔遇什麼的就更好了。只可惜，那黑貓往樹上一趴就趴了一小時，他只能打電話消磨時間。

對於楚華大學，鄭歎現在相當熟悉，甭管人多的還是偏僻的地方，他都去過。

就像那墨鏡男說的，現在確實是一個鳥語花香的季節。只不過有些地方，鳥語不代表花香。

鄭歎的步子不快，一副悠閒散步享受下午時光的姿態。後面那個墨鏡男也繼續跟著，直到他嗅到一股奇怪的氣味。

這條路現在沒其他人，也就鄭歎和後面跟著的那個墨鏡男，有課的學生們都在上課，沒課的自習看書也不會選擇這個「天使之路」。

原本墨鏡男還好整以暇看著周圍的環境，正感慨楚華大學不愧是百年名校，這綠化就是好。剛感慨一半，他就發現肩上啪的一聲輕響。

墨鏡男側頭往肩上一瞧，頓時臉都綠了。

帶著白色和灰色糊糊的一坨東西砸在肩上，現在擦也擦不掉！

鄭歎加快步子跑出這段路。平時他是不走這邊的，這邊鳥多，這條路也是楚華大學校內「天使（屎）之路」之一。

剛剛聽到後面那個墨鏡男開罵了，想來肯定已經中招，因此鄭歎也不打算久留，那些沒節操的鳥可不會因為下面有人就憋著。

其實，不是每個往這邊走的人都會「中彩」，這不過是一個機率問題，而偏偏，墨鏡男今天不止「中獎」一次。袖子上也被砸了一坨，這坨帶點紅色，不知道那鳥到底吃了啥。

總之，墨鏡男氣急的罵聲就沒停過。

鄭歎在偷樂的同時，也從墨鏡男的話語中聽出些問題，其中扯到了王斌和二毛，而讓鄭歎弄明白的則是墨鏡男走出這段路之後的一通電話。

「王斌，我告訴你，為了幫你我算是歷盡艱辛受盡煎熬……」墨鏡男拿著手機邊走邊說，外套已經脫下揉成一團捏在手裡。發現黑貓跳到一個石凳上之後，他也在旁邊找了個石凳坐下。

「沒見到二毛？那貓呢？」王斌在聽了對方一堆抱怨之後問。

「貓在我一公尺遠處，就在旁邊，放心，我看著呢，一定會逮到二毛那小子。」墨鏡男很有自信。

「……那牠看你的時候眼神怎樣？」那邊王斌頓了頓之後有點不確定的問道，他聽趙樂說過不少關於那隻黑貓的事情，知道這貓和普通的貓不太一樣。

「眼神？還能怎麼樣，貓的眼神……」

墨鏡男不在意地看向旁邊的石凳，正好對上鄭歎像看傻子一樣的眼神。

墨鏡男後半句話噎住了，半天憋出一句：「臥槽！」

「禽獸，我記得跟你說過，跟蹤的時候注意點，別太明顯。」那邊的王斌嘆道。

「咳，不就是一隻貓嘛，瞧你們這麼謹慎的……算了，這次就是個巧合，我繼續跟著，說不定什麼時候就能看到二毛跑出來。」墨鏡男掛掉電話，摘掉墨鏡，然後認真看向旁邊石凳上的貓。

「喂，你是不是故意耍我？」墨鏡男問。

鄭歎沒理會，蹲在石凳上裝傻。這人雖然蠢點，但對自己沒惡意。

墨鏡男問出話之後就自嘲一笑，覺得自己一定是被鳥屎砸傻了，居然真的這樣問一隻貓。

不過，墨鏡男靈機一動，他曾經聽某個朋友說過，誰誰家一隻狗聽到有人叫牠主人的名字，那狗就直接去找牠主人了。這法子能不能用一下？應該可以！

於是，墨鏡男跟唸經一樣對著鄭歎開始唸「二毛」。結果鄭歎實在忍不住，跳下石凳離開。

墨鏡男在後面跟著，路過一個大垃圾桶的時候揚手將揉成一團的外套扔進去。

鄭歎扯扯耳朵，心裡感慨：敗家子一個！

其實鄭歎忘了，當年他還是人的時候，他的行事風格跟這人是差不多的。

墨鏡男跟在鄭歎身後，正準備繼續說點什麼，突然瞥見一個身影，然後立刻加速往那邊跑過去。兩點之間最短的距離就是直線，墨鏡男決定橫跨草坪。而這邊草坪周圍有金屬欄杆，墨鏡男縱身一個跨越！

墨鏡男右腳落地的時候正好踩在撒哈拉今早掙脫套繩出來「跑酷」的時候拉的屎上，偏偏這位還沒意識到。

鄭歎瞧了瞧，原來是二毛從外面回來，恰好被墨鏡男碰上。不得不說，這還真是個巧合。

鄭歎小跑著回東教職員社區的時候，二毛和墨鏡男估計已經談過一段話了。

來到三樓，二毛家的大門沒關嚴實，鄭歎能夠聽到裡面兩人的談話聲。

「沒想到你竟然會找這種地方住，增加文化嗎？寫作文連『撿個大便宜』都忘記寫『宜』字的二毛同學？」——這是墨鏡男的聲音。

「當年是誰將自己名字『秦濤』寫成『秦壽』還寫了滿滿兩頁紙被老師打回去重寫卻一副蒙受冤屈樣主動把本子甩出來全班傳遞宣洩你的『冤情』的？寫自己名字都少寫三點水而不自知的

人沒資格說我！」——這是二毛的聲音。

鄭歎：「……」這兩人是在比誰更白痴嗎？

今天的風有些大，從樓梯間通風窗戶那裡吹進樓的風，將二毛沒關的大門推開一些。

鄭歎想了想，往裡走進去，看看那個墨鏡男跟二毛會不會打架。對鄭歎來說，無聊的時候看熱鬧也是一大樂事，消遣消遣。

客廳裡，秦濤和二毛互相嗆了幾句之後，氣氛反倒是稍微緩和了些。不過，鄭歎聽他們之間的對話可以看出這兩人很熟悉，並不像仇視對方的樣子。

和鄭歎所猜想的一樣，秦濤和二毛以及王斌他們都是一同長大的，當年還是同班同學，從小學到高中基本上都在一起。

「禽獸」這個外號，是秦濤自己惹出來的。小學的時候被罰寫名字，結果本子裡面的「濤」字都少寫了三點水，全是密密麻麻、歪歪扭扭的「秦壽」，偏偏秦濤這小子還沒發現，將本子扔班上傳閱了，然後「禽獸」這個外號便一直跟著秦濤。不過，也只有跟秦濤關係比較好的或者身分差不多的人才敢這麼稱呼他，不然這傢伙早一拳頭揍過去了。

而相比起王斌，其實秦濤和二毛更有革命友情。當年國、高中的時候，這兩人常年霸占班裡倒數一、二名，倒不是說這兩人成績爛得一塌糊塗、無可救藥，而是因為身分關係，他們總被扔在資優生比較多、老師教學實力強的班級，而王斌則總在前十名。因此，論共同話題及當年的光輝事蹟，二毛和秦濤肯定會有更多能談的，這也是王斌拜託秦濤過來的原因之一。

「話說回來，你怎麼會來楚華市？不是應該去明珠市逍遙了嗎？」二毛扔給秦濤一瓶沒開蓋的礦泉水。

「惹了點麻煩，被扔到這邊跟著我舅舅學習，其實就是掛個閒職，其他的事情都有人幫忙，用不著我親力親為，無聊死了。」秦濤說了這麼多話，扭開礦泉水瓶猛灌了幾口，側頭的時候恰好看到站在房門口探頭看著這邊的黑貓。

「噗——」秦濤一激動，嘴巴裡的水噴了出來，嗆得滿臉通紅，他又想起自己被砸鳥屎的時候了。

緩過來之後，秦濤指著站在房門口的鄭歎，「這貓你熟？」

雖然是疑問句，但語氣很肯定。

看到鄭歎，二毛還有些詫異，不過想到剛才自己確實忘了關門，也就釋然了。這周圍的治安不錯，社區裡住的都是教職員和退休老教授，素質好得很，用不著太過防範。

「怎麼，你在牠手上吃虧了？」二毛問。

秦濤將剛才被砸鳥屎的事說了。

「嘖，你沒事跟蹤牠幹嘛，而且還那麼白痴的直接跟蹤，牠沒把你往其他陷阱裡帶就算好的了，被砸鳥屎總比受傷好。」二毛道。

「不會吧？這貓這麼危險？」秦濤又看了看鄭歎。

「信不信隨你。」說著，二毛吸了吸鼻子，「這什麼味道？」

秦濤正蹺著二郎腿，二毛的視線最後落在秦濤的鞋子上。

「禽獸，你踩到屎了！」二毛一臉的嫌棄。

「啊？」秦濤掰著腿嗅了嗅，然後嘔了一聲，趕緊找了個包裝袋，將鞋子脫下來扔袋子裡，找二毛要了雙鞋子湊合著穿，「難怪剛才跨欄後感覺著陸的時候有那麼一點點不對勁。」

將裝了踩屎鞋子的塑膠袋扔到屋子門口，秦濤看了看依然蹲在房門口的黑貓，總覺得這貓看自己的眼神裡透著點幸災樂禍以及……鄙視？

鄭歎確實在幸災樂禍，但對於秦濤這種衣服髒了直接扔掉，鞋子踩屎直接甩掉的行為相當鄙視。敗家子啊敗家子。

搖搖頭，秦濤甩掉心裡那種毛毛的感覺，拿著還剩半瓶的礦泉水瓶打了二毛的胳膊一下，「還不都是你這傢伙害的，要不是為了找你，我至於來這邊受罪嗎？」

「喵嗚——」趴在電腦桌上的黑米壓著耳朵並發出警示聲，帶著點凶悍的眼神看向秦濤。

聽到這聲音，不單是鄭歎，就連正準備開始繼續相互揭短的二毛和秦濤也看向黑米。

一時間，屋子裡誰都沒說話。

鄭歎和二毛知道這隻貓凶起來絕對剽悍，而秦濤則有些莫名其妙。沉默一會兒後，秦濤似乎想到什麼，拿著礦泉水瓶往二毛身上又敲了一下。

「喵嗚——」這次警示聲更大了些。

秦濤看看黑米，眨眨眼，再敲。

「嗚——」這次不僅警示聲大了，還齜牙，原本趴著的身體也站起來了。

「哈哈哈哈！」二毛一把將電腦桌上的黑米撈過來，一副得意洋洋的樣子，「女兒啊，果然是維護爹的！」

秦濤原本驚訝這貓竟然這麼護主，聽到二毛後面的話後一臉的便祕，「女兒？」

「對啊！」二毛樂呵呵的將黑米一隻前爪舉起來朝秦濤揮了揮，「你再拿瓶子打我，就讓我女兒撓你。」

秦濤哼哼兩聲，「你怎麼會想要養貓的？」

二毛只是簡單講了講，具體怎麼對待那個虐貓人的情況則沒有細說，「不想養太厲害的，又不想要那些溫溫順順連老鼠都不抓的。而且寵物中心的那些人說，這貓以前應該是家養的，只是後來不知道什麼原因處於流浪狀態一段時間，不過總的來說，對人還算友好。」

秦濤看了看乖巧地窩在二毛懷裡的花貓，在心裡對「友好」這個詞打了個折扣。

沒再動手，秦濤說了下王斌拜託他找二毛的前因後果。

「所以你就跟著這隻貓來了？」二毛轉頭看向蹲房門口看戲的鄭歎，「你出賣我？！」

鄭歎扯扯耳朵，今天這絕對是個巧合，他還真沒打算將秦濤帶過來，只是正好那時候二毛出現了而已。

二毛和秦濤也都沒想著從一隻貓這裡得到什麼回答，繼續聊起來。

看著快到下課時間了，鄭歎去接小柚子。等再回到家的時候，二毛這裡門已經關緊，沒聽到裡面有什麼聲音，估計出去了。

◆◇◆◇◆◇◆◇◆

第二天，鄭歎送小柚子上學後準備回家上網的時候，見到二毛家的門又開著一條縫。二毛現在是越來越不喜歡關門了，大概是總忘記帶鑰匙，又不好經常用鐵絲開鎖，索性開著一條縫，反正一樓大門有電子鎖，既能防止外面亂七八糟的人進來，還能防止家裡的貓跑出去。

想了想，鄭歎推開門進去，聽昨天那人說的，二毛家裡的人估計會找過來。

屋子裡沒有其他人，二毛正開著電腦玩遊戲，黑米在地上不知道撥弄著什麼東西玩得正起勁。牠察覺到鄭歎進屋之後，看了眼，便繼續彎著爪子撥弄那玩意兒。

鄭歎見今天沒有熱鬧看，便準備離開，突然瞥見黑米正玩著的那東西，鄭歎眼神一凝，有些疑惑和不確定，收回往門口那邊走的腿，往房間裡進去。

大概是因為熟悉鄭歎，也認為鄭歎沒什麼威脅，黑米並沒有對鄭歎表現出敵視來，但看上去似乎防備著鄭歎搶牠的玩具。

鄭歎沒理會黑米，稍微湊近點看了看地板上的東西。這是一個吊墜，黑米主要玩的是吊墜的繩子，而鄭歎的注意力則全在那個吊墜上。

——這玩意兒甚是熟悉啊！看起來跟那個神神叨叨的老太婆給的玉牌差不多。

鄭歎正想著，那邊二毛已經打完一局。

「喂，我說黑煤炭啊，你總這樣不請自入可不好……嘿，女兒，這東西不能玩！」

二毛也顧不上批鄭歎了，趕緊將地上那個吊墜撿起來，用袖子擦了擦，見吊墜繩被又咬又抓過，他琢磨著什麼時候換條繩子，反正這個吊墜已經換過好幾條繩子了。

將吊墜重新放好之後，二毛見鄭歎一直盯著他，便擺擺手，「回你家玩去吧，別搶黑米的貓糧啊！」

客廳裡有一個自動餵食機，那裡總會有些貓糧，不過，二毛確實沒見過這隻黑貓偷吃。

鄭歎帶著深思回家，看二毛那樣子，那個吊墜對他還挺重要的。

當初在焦爸老家的時候，那老太婆說過什麼來著？

鄭歎回想了一下，然後來到小柚子的衣櫃那邊，從一個不起眼的角落裡翻出一小串鑰匙，活動了下爪子，將其中一根鑰匙插進貓跳臺上面的隱藏抽屜，打開，翻找出焦爸放在裡面的那個玉牌，仔細瞧了瞧。

——還真的挺像！上面的字也差不多。

——難道那老太婆要找的人跟二毛有關？

甭管這兩者有什麼關係，鄭歎決定將這玉牌拿去在二毛眼前晃一圈，到時候就知道謎底了。看二毛也不會強搶。焦爸不在，現在鄭歎也不好去通知他，但如果能夠解決這事情，也算是一件好事，焦爸不是總說要報答那老太婆嗎？

將吊墜掛脖子上，鄭歎重新鎖好抽屜，藏好鑰匙，下樓來到二毛屋裡。

此時二毛正開始新一局的遊戲，黑米趴在床上一角團成個圈睡覺。

鄭歎直接跳上電腦桌，站在電腦旁邊。

二毛因為鄭歎的動作嚇了一跳，不過他正打得起勁，沒將視線放在鄭歎身上，騰不出手來將鄭歎推下桌。

鄭歎不急，就蹲在旁邊看。

等二毛終於打完一局，還沒等他跟鄭歎說話，新買的手機就響了。

鄭歎看著二毛一臉不耐煩地講電話，閒著無聊玩了玩滑鼠。二毛注意到鄭歎的動作，上來阻止，省得鄭歎關掉他的遊戲介面。突然他動作一滯，停住話語，看了看掛在鄭歎脖子上的玉牌，又拿著玉牌仔細觀察了一下。

電話那頭的人不知道還在說什麼，二毛直接掛斷電話。

「喂，我拿下來看看，待會兒還你啊。」說著，二毛將吊墜從鄭歎脖子上取下來。

二毛看到鄭歎掛脖子上的吊墜的第一眼反應就是，這貓什麼時候把自己的東西偷了換了條繩子掛著？第二眼則看出了點細微的差別，畢竟自己那塊是隨身戴著十多年的，一點點不同都能注意到。

毫無疑問，鄭歎這個吊墜玉牌絕對是真貨，不是什麼劣質的仿製品，玉質也和自己那塊差不多。就算二毛對這方面不瞭解，但他感受得出來這塊跟自己那塊玉質是差不多的。

將自己那塊還沒來得及換吊墜繩的玉牌拿出來，放在一起比了比。

然後，二毛興奮了。

對於這個吊墜，二毛從很小的時候就開始戴著，但其實他瞭解的並不多，只有這麼一塊，他媽給的，連王斌都沒有。二毛只記得他媽說過的一句話：「戴著它，祖宗會保佑。」

可問題是，二毛的外公外婆、爺爺奶奶都健在，父母這一輩的人二毛即便不熟卻也都瞭解一些，再下來就是他們自己這一輩的了。這時代也不那麼講究宗族之類的，至少二毛不在乎那些事情，但不在乎不代表二毛不疑惑、不好奇。

當一個人閒得蛋疼的時候，或者滿是煩惱正琢磨著做什麼事情來轉移注意力的時候，一點小轉折也能讓他興奮起來。比如此刻的二毛。

要說焦家的人，二毛也瞭解過一些，不應該跟他們有啥血緣上的關係。而讓二毛最納悶的地方就是，這麼貴重的東西怎麼會隨意掛在一隻貓的脖子上？以他對焦家人作息時間的瞭解，這時候焦家肯定沒人，極可能就是這隻貓自己套上吊墜的。

「喂，黑煤炭，這東西你從哪裡弄到的？」二毛拿著兩塊幾乎一樣的玉牌，抬起手指戳了戳鄭歎，「告訴我誰給你的，說不定是我親戚，就像書上講的，一個水靈靈的遠房表妹流落在外孤苦伶仃，正等著我去解救！」

鄭歎：「……」

鄭歎回想了一下村裡那位躺在躺椅上年紀一把滿臉皺褶不修邊幅、還抱著一隻貓的老太婆，再看看二毛滿是期待的神情……如果自己能夠說話的話，二毛絕對會被打擊死的。當然，他就算能說，也不能告訴二毛實情，要是這傢伙發現沒表妹可找只有個窮老太婆而沒興趣大老遠跑過去認親怎麼辦？難道自己還要保存著這吊墜一、兩年？事情早解決早安心。

二毛又問了一連串的問題，有些問題或許他問的是鄭歎，或許問的是他自己，難得遇到這麼一件有意義的事情，可現在他又不想跟家裡聯絡，疑惑一時也得不到解答。

鄭歎也不知道該怎麼回應，掃了眼房間，發現角落裡有個大背包壓著一份地圖。跳下桌，鄭歎走過去看了看，抬爪子翻翻沒被壓著的地圖邊角，一面是省地圖，一面是楚華市的城市地圖。很好。

二毛停下自言自語，看向鄭歎所在的位置。

那地圖是二毛剛來楚華市的時候在外面閒逛時買的，當時二毛買這份地圖主要是為了去楚華市一些風景名勝逛逛，同時還有地圖上標注的公車站，方便坐車。算起來已經有段時間沒用了，墊在那裡放包。

看了看鄭歎，二毛手指摩挲著兩塊玉牌，走過去將大背包提起，抽出地圖放在眼前的地上。朝上的正好是省地圖，鄭歎看了看上面的縣市標注，抬爪子摁在屹陽市。

二毛沉默了一會兒，問道：「屹陽？」

見眼前的黑貓沒什麼反應，二毛又道：「YES的話豎著甩尾巴，NO的話橫著甩尾巴。」

鄭歎豎著甩了甩尾巴。

「吃陽啊。」二毛直接盤腿坐在地上，拿起地圖看了看，然後從床頭櫃的抽屜裡拿出紙筆，記錄下來。

其實鄭歎挺疑惑的，為什麼二毛會用這樣一種甩尾巴的方式來確定他要表達的意思？而且對於這種方式，二毛的接受力還比較強。再看看趴在床沿睡覺的黑米，鄭歎不覺得黑米能夠理解這種方式，再說這已經不是第一次了。

交流障礙，鄭歎不可能直接在紙上寫出答案，或者在電腦上打字，那樣太出格了，他還不想被當成妖孽。

鄭歎離開的時候，二毛將吊墜重新套在鄭歎脖子上。看二毛的樣子，肯定會著手調查一下，鄭歎只要等著就行了。雖然有時候白目了點，但二毛不是個蠢人，鄭歎知道，所以他不擔心二毛找不到線索。

晚飯的時候，二毛將那個吊墜戴在脖子上，去焦家晃了一圈，借了卷衛生紙，跟焦媽聊了一會兒，然後下樓了。

坐在電腦前面，二毛盯著電腦的開機畫面，卻沒有碰滑鼠。

吃陽，他現在已經知道那是焦副教授的老家，上樓以借衛生紙為由聊天時從焦媽口中知道了焦副教授老家的具體地方，可是焦媽對那塊玉牌並沒有什麼特別的反應，兩個孩子也是同樣的態度，那麼玉牌極有可能就是來自焦副教授手中。

第二日，二毛將鄭歎叫到三樓，繼續YES or NO的甩尾巴交流。

「東西是焦副教授的？」

鄭歎橫甩尾巴。

「焦副教授給你的？」

豎甩尾巴。

二毛繼續提問，等鄭歎甩尾巴都甩得不耐煩的時候，終於進入關鍵點。

「去焦副教授老家之後，你能帶我去找人？」

豎甩尾巴。

二毛原本打算如果不行的話就直接發郵件給焦副教授，可現在既然有了進展，他決定親自去找找。

「帶著懸念的事情才會有意思！揭曉答案的時候才會有成就感！」

二毛很是振奮，原地跳了兩下，太激動了沒控制住聲音，一時興起，唱道：「天上掉下個林妹妹～似一朵輕雲剛出岫～～」

唱了這兩句之後，二毛忘記後面的唱詞了。

兩秒後，窗外飄進來另一道聲音。

「只道他～腹內草莽人輕浮～卻原來～骨格清奇～非俗流～」

窗戶和通往陽臺的門都沒關，這時候周圍也很安靜，所以聲音聽得很清楚。

二毛衝出陽臺往四樓看去。

鐵網那邊，將軍正搖頭晃腦，見二毛沒接下去，自己便繼續唱了起來。

二毛：「……臥槽！」尼瑪，這鳥居然連越劇都能唱上！

鄭歎暗自搖頭，這兩個配合得真好。不過，想像了一下二毛見到老太婆的場景，希望二毛不要覺得世界充滿惡意。

◆◇◆◇◆◇◆◇◆

接下來幾天，二毛一直計畫著怎麼讓鄭歎幫他帶路。首先，他要想辦法徵得焦媽的同意才能將鄭歎帶出去，一去一來，一天的時間肯定可以，但這是要去找人，二毛覺得時間太緊，至少也得兩天吧？

於是，二毛將主意打到衛稜身上。最後是衛稜出面以他的名義編了個藉口。

對於衛稜帶鄭歎出去玩，一玩玩兩天這種事情也不止一次了，焦媽倒是沒多想，而且在焦爸出國之後，衛稜他們都一直在幫忙照顧著焦家幾人，焦媽叮囑了幾句就沒多說了。

怎麼帶著一隻貓出去，這個二毛得向衛稜取經，畢竟鄭歎這隻貓與其他貓是不同的，你要是想用普通的那種寵物包，鄭歎絕對看都不會看一眼。

決定出門的那天恰好是週日，二毛一臉不捨的將黑米送到寵物中心那裡，這幾天他只能拜託寵物中心的人了。

天空有些陰沉沉的，天氣預報說這幾天有雨，二毛借了衛稜的車出門，往屹陽駛去。鄭歎在後座上睡覺。在他旁邊有個旅行包，出門步行的時候鄭歎就得蹲包裡。

而在二毛出門不久，準備跟二毛好好談談的王斌來到楚華大學東教職員社區，並且發現二毛租屋的地方沒人。住對門的蘭教授見到跟二毛長得一樣的王斌，好心告訴他，二毛出門了，估計出遠門，具體去哪裡不知道。

鄭歎原本迷迷糊糊睡著了，卻被突然響起的手機鈴聲吵醒，看了看正開著車的二毛，這傢伙空出一隻手拿起手機調成靜音。

醒了也睡不著，鄭歎看了看車窗外，雨下得有些大。

到屹陽之後，二毛去了一家旅館訂了一個房間，車就停在旅館的停車場，然後揹著包出來，去車站搭車。

之所以不直接開車去村裡，主要是二毛不認識路，只知道到底哪個鄉鎮、哪個村而已。自己開車的話，不僅衛稜的車遭罪，他也難找到地方。想了想，二毛決定還是直接去搭車比較好。

鄭歎也不認識去村裡的路，過年那時候是焦爸開車，他只負責看風景以及睡覺，僅此而已。

車站裡有直接從城區到附近鄉鎮的車，雖然理論上車站裡以及車上是不准帶寵物的，但這個小車站的管理並不嚴，行李之類的也不會查，這讓二毛的一些小伎倆都沒派上用場。

到達陀陽的時候天就開始放晴了，二毛要搭的那班車乘客很多，並且都是先上車後買票，壓根沒有提前訂票一說。車站周圍還有很多負責拉客的人，鬧哄哄的，鄭歎待在包裡覺得悶，但外面也不怎麼好，從拉開的縫隙往外瞧，鄭歎聽著周圍人用方言叫叫嚷嚷，奔來跑去，他感覺有些頭暈。

不管是從前還是現在，鄭歎都沒這種經歷，不過看二毛倒是挺熟悉的，跟那些在車站外拉乘客的人笑著談話詢問。

雖然車上座位已經坐滿人了，但拉客的人繼續拉人上車，那些人也習慣了。看著比楚華市公車還小一些卻擠滿了人的客車，鄭歎心裡忐忑，這樣子真沒問題？嚴重超載了吧？

二毛決定等待下一班車。不是二毛不想上去擠，而是鄭歎不能去擠，上去估計得被擠成貓肉餅。之後等了兩個小時才等來下一班車，二毛上去搶了個位子，鄭歎頓時放心許多，有座位的感覺真好。

這次乘車的經歷，鄭歎感覺相當差。各種氣味混雜，各種聲音喧鬧，還有個小孩子一直哭，刺得耳朵疼，所以鄭歎相當後悔這次出行。

中途有上有下，但總的來說，越往後走，車裡空了些，等終於到站，一下車，鄭歎就扒開背包拉鍊呼吸外面的新鮮空氣。

二毛倒是沒什麼抱怨，看得出來這傢伙類似的經歷不少。

過年來村裡的時候天氣不錯，沒感覺有什麼，現在剛下過雨，到處一片潮濕，也冷清許多，偶爾能看到一、兩個行人走過。

二毛在泥濘的路上走幾步都能明顯感到腳重許多，鞋底黏著厚厚一層泥。他到村口的一個小雜貨鋪問了問，買了一雙雨靴，不然他的運動鞋得報廢掉。

裝備齊全的二毛站在村口，看著通往村裡的路，「好了，林妹妹就在前方！」

鄭歎嘆氣。

來到村裡，鄭歎得帶路，不然二毛也不知道上哪裡去找人。

這塊區域在修路，在各家前面準備修一條平坦的過道，鄭歎他們來的時機不太好，正趕上剛開始動工，表層的一些石子都被掀了，所以泥巴多了些。有些積水的地方只能踩著特意放在那裡的石塊過去。

「喂，黑煤炭，到了你叫一聲，別讓我走過頭了。」二毛說道。

走過那片泥巴路之後，路面稍微好了那麼一點點，至少有石子和磚塊鋪的一條小道，這次鄭歎真得從背包裡出來帶路了。

走幾步之後爪子上全黏著泥巴，這也沒辦法，沒鞋穿就是這樣，鄭歎不可能跟二毛一樣搞雙雨靴。

剛下過雨，再加上這個時間段也不是出門高峰期，路過的沒幾個人。原本鄭歎還擔心村裡那些過年時見過自己的人將自己認出來，但那幾個村民都只是掃了這邊一眼後就沒再注意了。或許對那些村民來說，這樣的一隻貓並沒有什麼特別之處，又不是什麼名貴稀罕的貓種，土貓到處都有，一隻長得壯實點的黑貓也沒什麼稀奇的。

有時候不能太把自己當回事，這是鄭歎的覺悟。

路過焦家老宅的時候，鄭歎看宅門關著，估計焦老爺子和老太太都去鎮上了，大概會等這一帶路修好之後才回來。這讓鄭歎更放心了。

雨後，竄進鼻腔的滿是泥土的氣息，用焦爸的話來說，那是放線菌的氣味。

或許是由於二毛的影響，接近那個老太婆的小瓦房的時候，鄭歎有些緊張。雖然知道二毛要找的人就是那個老太婆，但那老太婆總給鄭歎一種很奇怪的感覺，不像焦家的老爺子、老太太那麼好糊弄。

「就這裡嗎？」

二毛看著這個鄉村小院，推開籬笆門走進去。

周圍沒人喧鬧，因此鄭歎和二毛都能夠聽到從小瓦房內傳出來的戲曲聲音。

深吸一口氣，二毛站在帶著鄉土風格的木門前，正準備叩門，門卻從裡面打開了。

一個十五、六歲的女孩提著個籃子，看到站在門前的二毛後，嚇了一跳。

二毛第一個想法就是：嘿，還真有林妹妹！

這女孩子長得不錯，雖然有點黑，穿著打扮也不比不上城裡那些孩子們，但單論長相的話，確實還過得去。

鄭歎看了看這女孩，有點眼熟，應該是過年那時候見過，但絕對不是這家的，老太婆就她自己一個人住。在這種鄉下地方，像這種年紀讀完國中就不再上學的女孩子並不罕見。

沒等二毛問話，那女孩就往屋裡喊道：「阿婆，有人找！」說完就拎著籃子離開了。她只是過來送東西而已，這裡經常有來找阿婆的人，所以她以為眼前這人是一樣的目的，沒多理會。

看這情形就知道是別家的人了，不然見到客人不會直接跑掉。二毛心裡嘆氣，與想像中不同啊，還「阿婆」咧！當「林妹妹」幻滅之後，二毛就沒太大的積極性了。

瓦房不大，客廳一目了然，只有一個臥房，很顯然主人家在臥房裡面。

鄭歎猶豫了一下，還是抬腳跟著二毛進去了。

室內沒有開燈，背後不大的窗戶也關著，採光不怎麼好，收音機裡傳來戲曲的唱音將陰暗帶來的壓抑驅散不少。收音機有些年代了，伴隨著戲曲唱音的還有一些茲茲聲，透著一股老舊感。

還是那個木製的躺椅，依舊是那麼個人躺在躺椅上，蓋著條薄毯，看上去在睡覺或者閉目養神，但由於她是背著窗戶的原因，二毛看不清躺椅上的人到底是什麼表情。

那隻三條腿的貓看了二毛一眼，然後將注意力放在鄭歎身上，很顯然牠認出了鄭歎，不過沒打算動彈，換了個姿勢，繼續窩在老婆婆腿上睡覺。

鄭歎有些不自在地動了動，氣氛有些古怪。這兩人誰都沒開口，只有收音機裡茲茲的聲響和聽不清到底在唱什麼的戲曲。

二毛還想著第一句話該說些什麼，廢話是人際關係的第一句，但這個時候，情境不同。要是在平時，二毛就隨口扯出點什麼話題了，但這次他是來找「林妹妹」的，找不到「林妹妹」就算找個同輩或者小輩之類的也行，不是來找祖宗的，多個長輩多個管制，二毛已經對家裡那幾位長輩很頭疼了，整天滿口的「你該做什麼、不該做什麼」，或者大誇別人家的孩子，而且在王斌的襯托下，他已經變成長輩口中「混混之輩」、「不成大器」等貨色。

換成其他人的話，這時候就已經決定進入正題認親了，走這麼遠，又是開車，又是擠客車的，踩著泥巴路好不容易來到這裡，不就是為了找親戚嗎？

可二毛不。

二毛不是個什麼好人，在外面漂泊的時候三教九流的人見過不少，觀念思想也與家裡其他人大相徑庭。

在來之前他就決定先看人再選擇是否認親。說句不厚道的話，在二毛心裡，循著這吊墜找人不過是給自己一個轉移煩惱的藉口，找點事情做，改變一下心情罷了。

鄭歎在旁邊觀察著二毛和躺椅上的那個老太婆。這兩個傢伙都不是什麼心思簡單的人，尤其是這個老太婆，要說她耳朵不好使，聽不清楚之前那女孩的喊話、也聽不到二毛的腳步聲，鄭歎不信。

二毛最後選擇的應對之法是以不變應萬變，反正認與不認，選擇權在他自己手上，不著急。沒「林妹妹」，事情就無聊了，也簡單了，老太婆有什麼好看的！二毛從角落裡拖過來一把椅子坐著，蹺上二郎腿，一副百無聊賴的樣子看著周圍。

收音機裡戲曲唱完一首又換一首，鄭歎打了個哈欠。桌子上有一筒用紙包著的餅，過年那段時間鄭歎見過這類土產。鄭歎跳上桌，嗅了嗅那餅，沒感覺有怪異的氣味，然後抬爪子扒拉開包著的紙。

——讓這兩個繼續對峙，老子先填個肚子。

半小時後，躺在躺椅上的老婆婆動了。

二毛心裡一喜：嘿嘿，老太婆，跟小爺比耐心，扛不住了吧？！

昏昏欲睡的鄭歎也看向那邊。

只見老婆婆輕嘆一聲，然後撐著躺椅，緩慢的看似很艱難地坐起身，手伸進口袋裡掏啊掏，掏出一個瓷瓶。她年紀大了，手不太穩，拿東西的時候手有些顫抖，拔瓶塞拔了好幾次才成功。

鄭歎瞧著都心顫，生怕這老太婆一個不穩將那瓷瓶拋出手了。而且，鄭歎這個旁觀的看她拔瓶塞都替她著急，要是換個沒耐心的早上去幫忙了。

二毛比較能忍，沒有上去幫忙，這傢伙應該也知道眼前這位年紀一把的老人不是什麼簡單人物，所以還處在觀望狀態。看到眼前這位老人一舉一動都透著艱難，手還抖，二毛皺了皺眉頭，依舊沒動，也沒出聲。

老婆婆揉了揉眼睛，然後小心的在手心裡倒出一粒一粒的小圓球，看著像是某種藥丸，比如速效救心丸或者複方丹參滴丸等之類的藥丸，鄭歎看很多人吃過，跟這個長得差不多。

年紀大了，毛病也多，過年那時候鄭歎看她拉二胡還能拉得挺流暢，這時候怎麼感覺像是風燭殘年了一般？不過，老人稍微生個什麼病就很危險的，精神狀態變化這麼大也能理解，再加上此刻這情形，和周圍環境的渲染下，總感覺透著一股蕭索和淒涼。

抖動的手讓一切變得艱難了些，鄭歎看著她倒了大約十粒那種小丸子吃下，半起身拿起擱在旁邊木凳上的一杯水喝了一口，然後又是一聲長長的嘆息。

收音機裡正播放著一段戲曲，唱腔相比之前的要容易聽懂一點。

「無可奈何花落去，似曾相識燕歸來……」

呢喃唱詞之中透著濃濃的無奈與嘆息，擋不住的時光流逝，道不盡的歲月坎坷。此情此景此境，再加上可能存在的血緣關係，這要是感性點的人，能直接眼睛酸澀落淚。

饒是二毛也覺得自己有些過分了。不就是沒見到「林妹妹」嘛，跟個老人計較什麼呢？

「咚！咕嚕咕嚕咕嚕——」

老婆婆將瓷瓶蓋好準備裝回口袋裡的時候手一抖，瓷瓶掉落在地，好在是凹凸不平的土質地面，不是水泥地，瓶身估計也夠結實，沒摔破。

鄭歎扯了扯耳朵，看向二毛。

二毛撇撇嘴，還是起身走過去將滾進桌子下面的瓷瓶撿起來，擦了擦瓶身沾上的灰塵，沒看到上面有文字說明，想了想，拔掉瓶塞嗅了嗅。

然後，二毛臉上一陣古怪，甚至有些扭曲，幾乎咬牙切齒地問道：「阿婆，您這瓶裡裝的是什麼靈丹妙藥？」

重新躺在躺椅上的老婆婆語氣平靜，慢吞吞應聲道：「華華丹。」

鄭歎：「……」

如果沒猜錯，這個所謂的華華丹就是那種休閒零食！

八〇年代的人對這種零食稍微熟悉些，也叫做「陳皮丹」、「老鼠屎」等，在楚華市這種零食已經很少見到了。

鄭歎此刻的心情啊，羊駝駝也難以讓他平復掀桌子的衝動。

——靠！一廉價零食用這麼高級的瓷瓶裝著！吃個零食還搞得這麼蕭索淒涼的樣子！

二毛憋著一肚子鬱悶將瓶子遞給老婆婆。

接過瓶子之後，老婆婆還問二毛：「吃不吃？味道挺好的。」

——吃……吃個屁！

鄭歎再次扯了扯耳朵，對上這種老太婆，不是一個「無奈」能夠形容的。

似乎沒看到二毛的臉色一般，老婆婆繼續說道：「嘴裡沒味，這把年紀多活一天都是賺，吃藥還不如吃零食呢。」突然想到什麼，她抬手指了指，一副很慷慨的樣子，「喔，床底下還有一箱純牛奶，你們要是渴了就自己拿著喝，好牌子的呢，電視上經常打廣告，不是那些水貨，我天天喝。」

鄭歎、二毛：「……」

再多的成語也無法形容鄭歎和二毛此刻複雜的心情。

鄭歎站在院子裡的一根籬笆樁子上，無聊地打個哈欠，然後垂頭看著地面上一條蚯蚓爬動。小瓦屋裡面，那老太婆在對二毛講述這些年的經歷以及當年的一些事情，鄭歎沒心思在裡頭聽他們講故事，索性出來透透氣。

其實不用二毛開口，老婆婆已經猜出了二毛和她之間的血緣關係，二毛想賴也賴不掉。按照輩分來說，二毛得叫老婆婆一聲姑婆。鄭歎聽村裡人說過，老太婆四十幾年前來到這個村子裡，那時候就已經四十歲了，算起來再過兩年就九十高齡。

鄭歎打了十來個哈欠之後，木門吱呀一聲開了，二毛從裡面走出來。從二毛臉上的表情看，這兩人談得還挺投機，完全沒有之前被老太婆耍的那種屎一樣的臉色。

「走吧。」二毛朝鄭歎招招手，示意準備離開。

鄭歎看了看小瓦房那邊，又瞧瞧二毛，心想：認完親之後就這樣了？

並不是。

二毛想帶姑婆離開也不方便，他沒開車過來，就算開車來這裡也不好走。他打算先回去，跟家裡商量一下之後再過來接這位姑婆，畢竟這可不算小事。

由於之前來的時候二毛將手機調成了靜音，坐在客車往阮陽城區走的時候才發現有十九通未接來電，全來自同一個號碼——王斌打來的。不過二毛只是看了一眼，沒回撥。

鄭歎就聽到二毛一路嘆氣，他知道，這次二毛是不能避免去跟家裡人談話了。

◆◇◆◇◆◇◆◇◆

在阢陽城區旅館住了一晚之後，二毛第二天一大早開車回楚華市。回去的過程還算順利，二毛到達楚華市的第一件事不是去找他媽商量姑婆的事情，而是去寵物中心把黑米接回家。

估計是被扔寵物中心讓黑米生氣了，就鄭歎所知，接下來三天黑米都沒理二毛，就算二毛拿著牠平時喜歡玩的毛絨玩具也只是敷衍地動兩下爪子。一開始二毛還以為牠生病，可是送去寵物中心之後，檢查一切正常，那位獸醫以開玩笑似的語氣說，這貓估計是鬧脾氣了。二毛伺候了三天，牠才恢復原狀。

從阢陽回楚華市之後的一段時間，二毛經常不在家，也沒有誰再過來找二毛。衛稜倒是來過一次，帶鄭歎去夜樓那邊玩，也說了一下二毛家裡的情況。

常言道，家有一老如有一寶。對二毛來說，新找到的這位姑婆就是這樣一個「寶」，之前家裡的幾位長輩與二毛氣場不和，但姑婆搖身一變，就成了二毛在楚華市最大的靠山。姑婆膝下無子，和二毛也聊得來，家裡的長輩們看在這個分上，對二毛總往姑婆那邊跑也沒說什麼，二毛他外公還鼓勵這種行為。

聽說二毛在他爸那裡一吵架就跑姑婆那邊避難，有這位姑婆在，二毛他爸就算有氣也得憋著。因此，二毛不用再躲著了，最近還在一個景觀湖邊買了棟房子給姑婆，請了專人照料，那老太婆很給面子地選擇了二毛的房子而拒絕了二毛爸媽的安排。

「你還真能惹事。」衛稜對鄭歎如此說。

有了依仗的二毛囂張許多，但也沒從東教職員社區搬出去。如果不是衛稜告訴鄭歎的話，打死鄭歎也不會知道，二毛他爸是省長，估計整個東教職員社區的居民也不會知道社區裡還住著個省長家公子爺。

說二毛囂張，不過是相比起以前的遮遮掩掩、躲避一些人和事而言，但只要二毛不說，沒人能夠猜到二毛的背景。而且在某個範圍內，大家只知道王斌這位省長公子，對於王明這個名字陌生得很。

《回到過去變成貓05帶來幸福的偵探喵！》完

敬請期待更精采的《回到過去變成貓06》

萊茵@千人
NOVEL
歐歐MIN
ILLUST
戰鬥吧
校園戰爭本部
War Club
給我等一下！
我只是一個普通的男高中生啊啊啊…！
Σ(ﾟДﾟ;
輕小說史上最不可思議的男主角——
極惡變態鬼畜捆綁PLAY
蘿莉控淫棍破壞魔王，參上!!
J小子人設繪師歐歐MIN這次帶來的不是偽娘，而是超萌羅莉(性別♀)!!!?
典藏閣
華文聯合出版平台
www.book4u.com.tw
采舍國際
www.silkbook.com
不思議工作室_
立即搜尋
版權所有© Copyright 2016

羊角系列 022

回到過去變成貓 05

帶來幸福的偵探喵！

出版者■典藏閣
作　者■陳詞懶調　繪　者■PieroRabu　拉頁畫者■上條隼
授權方■上海玄霆娛樂信息科技有限公司（起點中文網 www.qidian.com）
總編輯■歐綾纖
製作團隊■不思議工作室
郵撥帳號■50017206 采舍國際有限公司（郵撥購買，請另付一成郵資）
台灣出版中心■新北市中和區中山路 2 段 366 巷 10 號 10 樓
電　話■(02) 2248-7896　傳　真■(02) 2248-7758
物流中心■新北市中和區中山路 2 段 366 巷 10 號 3 樓
電　話■(02) 8245-8786　傳　真■(02) 8245-8718
ISBN■978-986-271-691-5
出版日期■2016 年 5 月

全球華文國際市場總代理／采舍國際
地　址■新北市中和區中山路 2 段 366 巷 10 號 3 樓
電　話■(02) 8245-8786　傳　真■(02) 8245-8718

新絲路網路書店
地　址■新北市中和區中山路 2 段 366 巷 10 號 10 樓
網　址■www.silkbook.com
電　話■(02) 8245-9896
傳　真■(02) 8245-8819

線上總代理：全球華文聯合出版平台
主題討論區：http://www.silkbook.com/bookclub　◎新絲路讀書會
紙本書平台：http://www.silkbook.com　◎新絲路網路書店
瀏覽電子書：http://www.book4u.com.tw　◎華文電子書中心
電子書下載：http://www.book4u.com.tw　◎電子書中心（Acrobat Reader）

☞**您在什麼地方購買本書？**☜

1. 便利商店（________市／縣）：☐7-11　☐全家　☐萊爾富　☐其他__________
2. 網路書店：☐新絲路　☐博客來　☐金石堂　☐其他_________
3. 書店（________市／縣）：☐金石堂　☐蛙蛙書店　☐安利美特animate　☐其他____

姓名：__________地址：______________________________________

聯絡電話：______________　電子郵箱：___________________________

您的性別：☐男　☐女　　您的生日：西元_________年_________月_________日

（請務必填妥基本資料，以利贈品寄送）

您的職業：☐上班族　☐學生　☐服務業　☐軍警公教　☐資訊業　☐娛樂相關產業

☐自由業　☐其他__________

您的學歷：☐高中（含高中以下）　☐專科、大學　☐研究所以上

☞**購買前**☜

您從何處得知本書：☐逛書店　☐網路廣告（網站：____________）　☐親友介紹

（可複選）　☐出版書訊　☐銷售人員推薦　☐其他_________________

本書吸引您的原因：☐書名很好　☐封面精美　☐書腰文字　☐封底文字　☐欣賞作家

（可複選）　☐喜歡畫家　☐價格合理　☐題材有趣　☐廣告印象深刻

☐其他_________________

☞**購買後**☜

您滿意的部份：☐書名　☐封面　☐故事內容　☐版面編排　☐價格　☐贈品

（可複選）　☐其他

不滿意的部份：☐書名　☐封面　☐故事內容　☐版面編排　☐價格　☐贈品

（可複選）　☐其他

您對本書以及典藏閣的建議____

____

____

✌未來您是否願意收到相關書訊？☐是　☐否

✍**感謝您寶貴的意見**✍

印刷品

$3.5
請貼
3.5元
郵票
不思議信箱
FUSIGI POST

235 新北市中和區中山路二段366巷10號10樓

華文網出版集團　收

（典藏閣－不思議工作室）

陳詞懶調×PieroRabu

回到過去變成貓

BACK TO THE PAST
TO BECOME A CAT NO.5